新・若さま同心　徳川竜之助【一】

象印の夜

風野真知雄

双葉文庫

目次

象印の夜　新・若さま同心 徳川竜之助

序章　フグ鍋

一

「ぶっかけを一杯」

「はい、かしこまりました……なんだ、おめえか」

屋台の向こうで、店のおやじが客の顔を見ると、嫌そうに顔をしかめた。

三日ほど前の夜、二人はここからもうすこし北に行ったあたりで大喧嘩をした。近くの番屋の番太郎に仲裁され、やっとおさまったほどだった。

「おれのとどれだけ違うか、味見させてもらおうと思ってな」

客は冷たい笑みを浮かべて言った。

「そりゃあ、殊勝な心がけだ」

おやじはそう言ってしゃがみ込み、七輪にかけた鍋のふたを開けた。

夜鳴きそばの屋台である。

行灯《あんどん》に屋号が書かれていて、〈大川屋《おおかわや》〉とある。その名のとおり、もっぱら大川端を流して歩いている。

客のほうも同じく屋台のそば屋をしている。屋号は〈沼井屋《ぬまいや》〉といい、二人ともほとんど同じ道筋で商売をしてきた。

ぴゅうっ。

と、風が吹きすぎ、風鈴が、
ちりん。

と、いい音を立てた。

すでに晩秋のころである。

そんなときに風鈴の音色は似つかわしくないが、これは屋台のそば屋の目印のようなものなのだ。この音が、そば屋が来ていることを告げるので、真冬になっても風鈴を使っている。

そばを湯にくぐらせ、熱い汁をかけた。薬味は刻んだネギだけ。あとは唐辛子の入った小ぶりのひょうたんが置いてあり、客は勝手にそれをかける。

「ほらよ」

できあがったぶっかけそばが、台の上に置かれた。

「ほらよはねえだろうが」

文句を言って、十六文を渡す。

ふうふう言ってから、勢いよくすすりこむ。そばの風味、汁の味を確かめる。

「こりゃ、ひでえな」

沼井屋は思わずそう言った。

夜鳴きそばで自分よりうまいそばを食わせる店はない。それは自信があった。だが、もしかしたら、こいつのそばのほうがうまいのかと、不安もあった。大丈夫。どう味わっても、月とすっぽんほど違う。こんなそばになぜ、客を奪われなければならないのか。

「へっ。悪かったな」

大川屋は鼻でせせら笑った。

沼井屋は怒りがこみあげてきた。こいつはやっぱり殺す。

そばをすすりながら、あたりのようすを見た。

築地《つきじ》の明石町《あかしちょう》にある明石橋のたもとである。まだ夜五ツ（夜八時）ほどだが、通りかかる者は誰もいない。

大川屋が後ろを向き、煙草を吸う用意をはじめた。

そっと屋台の後ろにまわり、沼井屋は背中に隠しておいた棍棒《こんぼう》で思い切り頭を叩いた。そのつもりで来たから、ためらいはない。

「うっ」

と呻《うめ》き、大川屋は崩れるように前につんのめったが、その拍子に身体が一回りし、たもとから一間ほど段差のある河岸《かし》のほうに落ちた。

どさっ。

という音がやけに高く聞こえた。

沼井屋は急いで、段差をまわりこみ、河岸のほうに下り、大川屋のそばに立った。

それから、もう一つ、背中に隠しておいた刀を取り出し、

「えいっ」

横たわった首のあたりから背中にかけて、薪《まき》割りのように叩きつけた。

ざっくり斬れた。

動いている男だったら、こうもうまくは斬れない。やはり、最初に頭を殴りつ

ける策は正しかったのだ。

——まさに辻斬りにやられたみたいだろう。

この半月ほど、芝《しば》の周辺で辻斬りがつづいていて、それに便乗した。

もし、辻斬りの騒ぎがなかったら、こんなことは考えなかったかもしれない。

最近、言い争いをしたりしているから、疑われやすい立場にあるのだ。

——さて、逃げよう。

と、思ったが、ふと、失敗に気づいた。

大川屋が下に落ちてから斬りつけたので、血しぶきが上には散っていない。これはおかしいのではないか。

大川屋は斬られてから下に落ちるべきなのだ。

沼井屋は懐から手ぬぐいを取り出し、大川屋の首筋にあてて血をふくませた。

それを上にもどってから、屋台のそばで絞った。

これでいい。頭の傷は上から落ちてできたことになるだろう。

手に血がついた。洗いたいが、こんなところでぐずぐずしてはいられない。まずは早く立ち去らなければならない。

棍棒と刀は前の築地の海に捨てることにする。血のついた刀を持ち歩いていたら見咎《みとが》められるだけだし、どうせ二度と使うことはない。棍棒と鞘《さや》を流してから、抜き身をできるだけ遠くに放った。

まだ、人けはない。

あとは急いで、本湊町《ほんみなとちょう》のあたりに置いた自分の屋台にもどるだけだった。

小走りに北へ向かった。

半町ほど行ったときである。

――ん？

右手の闇が動き、異様な気配が現われた。

なにか、大きなものの気配だった。

沼井屋が思わずそっちに目をやったとき、途方もない衝撃が身体にぶつかってきた。

「うげっ」

声は悲鳴にもならず、あっという間に息が絶えた。

二

南町奉行所の同心部屋に、見習い同心の福川竜之助《ふくがわりゅうのすけ》が勢いよくもどって来た。

「いやあ、腹が減って、腹が減って……あれ、なんですか、このいい匂いは？」

奥を見ると、定町廻りの同心や臨時廻りの同心などおなじみの面々が、七輪に載った鍋を囲んでいるではないか。同心部屋では、奉行やうるさ方の与力がいないときを見計らって、こうした宴会を催すことがある。

同心部屋は畳敷きなので、それぞれの机を片づけると、ちょっとしたお座敷ができてしまう。

鍋が煮立っている。具は足したばかりなのか、まだたっぷり残っている。

ぶつ切りにした白身の肉が、ふっくらしてうまそうである。野菜もネギや小松菜、にんじんなどがたっぷり入って、これがまたおろし醤油に合いそうではないか。

「あ、むちゃくちゃうまそうな鍋ですね。嗅《か》いだことのない匂いだが、なんの鍋ですか。魚でしょ？　軍鶏《しゃも》じゃないですよね？　ちょっと、お相伴にあずからせてもらっていいですか？」

竜之助はそう言って、余っていた箸を手にし、直属の上司にあたる矢崎三五郎《やざきさんごろう》の顔を見た。

「あれ？」

矢崎の顔が変である。

下をのぞきながら上に目が行っているみたいな、妙なかたちに歪んでいる。

「矢崎さん。どうかしたんですか?」

「ろ、ろく……」

矢崎がはっきりしない口調で言った。

「え、ろく? 六つってことですか?」

「ちがう。馬鹿。どく」

馬鹿のところだけ、やけにはっきり言った。

「どく? 毒だったんですか?」

「フグ、当たった」

「フグ? これ、フグ鍋なんですか? 当たったんだ!」

矢崎以外の周囲の連中を見回した。

改めて眺めたら、やはり定町廻りの大滝治三郎《おおたきじさぶろう》や臨時廻りの坂井又右衛門《さかいまたえもん》など七、八人が壁にもたれたり、ひっくり返っていたりしているではないか。端のほうでは岡っ引きの文治《ぶんじ》まで、口のあたりをぴくぴくさせていた。

フグ鍋を食って、みんな動けなくなっているのだ。

「こりゃあ、大変だ。すぐに医者を呼んできます」

竜之助は外に出て門のところまでもどり、門番に急いで近くの医者をつれて来るよう頼んだ。フグ中毒は命にかかわる。医者も手のほどこしようがないとも聞くが、それでも呼ばないわけにはいかない。

それからまた同心部屋に引き返してくると、廊下のところで与力の高田《たかだ》九《きゅう》右衛門《えもん》とばったり会った。

「あ、まずい」

思わず口に出た。

高田九右衛門は、つねに同心たちの動向に目を光らせていて、しくじりでも見つけようものなら、給金を減らしたりもしかねない。矢崎や大滝などは、できるだけ顔を合わせないようにしているくらい嫌っているのだ。

「なんだ、福川。まずいって、なにがまずい？」

「いや、あの、さっき食べた稲荷寿司のまずかったこと」

慌てて適当なことを言った。お濠端に稲荷寿司の屋台が出ていただけで、食べたいと思いながら通り過ぎただけである。

「稲荷寿司？　それよりもうまそうな匂いがする。ひょっとして、フグ鍋ではないか？」

「え？　フグですか？」

高田九右衛門は、捕物のほうはまったく苦手だが、味覚だの嗅覚だのはやたらと発達している。

「だが、まさかな。だいたい、武士はあまりフグを食わぬものだ。わしだって、江戸市中における食いもの屋の事情を把握するため、仕方なく何度か食してはいるが、あれは当たるからな」

「はあ」

竜之助はなんと言ったらいいかわからない。

「では、高田さま。お疲れさまでした」

「いや、お疲れではない。ちと、同心部屋をのぞいていく」

なんとか止めようとする竜之助のわきをかいくぐって、高田は中に入った。

「あ、やはり、鍋などつついておるのではないか。ん？　そのほうたち、ようすがおかしいぞ」

どう見ても、酔っているようすではない。壁にもたれたり、横になったりしているが、もがいている感じがする。

「どうした、矢崎？」

「ちと、しびれが」

「しびれが？　あ、そなたたち、当たったな、フグに！」

「高田さま。お奉行にはなんとしてもご内密に」

大滝治三郎が、すがるような顔で言った。

「そんなことより、医者を呼ばないと」

「呼びました。もうじき、来ます」

竜之助が言った。

「辻斬りがうろついているというのに、フグなんか食うからだ。この馬鹿者ども、いったい何点、減じればいいものか」

と、高田九右衛門はつねに持ち歩いている同心たちの素行を書きつけた通称〈高田の閻魔帳《えんまちよう》〉を開いた。

「今晩だって、夜通し、見回りに行くはずだったのではないか」

そう言いながら、すでに筆を動かしはじめている。

ちらっとのぞくと、大滝治三郎のところに八点減とあった。

「高田さま。そのために皆さんが腹ごしらえをしていたところだったのです」

竜之助はなんとか先輩たちをかばおうとした。

「腹ごしらえなど、にぎり飯で充分だ」

「ですが、すこしは精をつけませぬと」

「よい。福川、こいつらが減らした点数をすべてそなたにつけてやるから」

高田がそう言うと、皆の目がいっせいに竜之助のほうを向いた。

その目が口になったみたいに語っている。「へえ、福川、高田に好かれているんだ」「そりゃあ、高田は与力だし」「だが、いっしょに仕事をするのはおいらたちだぜ」「こんなやつにおべっか使ってまで、点数、欲しいのかね……」

「いや、点数なんか要りませんよ」

竜之助は慌てて言った。

「そなたたち、見回りはどうするつもりだ？」

いくら高田に叱責されても、皆、身体が動かないのだからどうしようもない。どうにか岡っ引きの文治が、口のあたりを気にしながらも立ち上がろうとしているだけである。

「大丈夫です。わたしがいまから回りますから」

と、竜之助は言った。

「そなた一人で足りるか」

「いえ、高田さまにもお手伝いいただいて」

「わ、わしが？」

　ぎょっとした顔をした。

　高田の気勢をくじくには、捕物をちらつかせるしかない。荒っぽいことは大の苦手なのだ。

「わしは、今宵は用事が入っておる」

「それでは、もうそろそろ医者も来るはずですので、高田さまはお引き取りいただいたほうが」

「そんなわけにいくか」

　押し問答をしていると、玄関口のほうで、なにか騒ぎ声がしている。

　医者にしてはずいぶん慌てふためいている。

「医者が来たのかい？」

　竜之助が声をかけると、門番が息を切らした男を一人、連れて来た。

「た、大変です」

　男はよほど急いで走ってきたらしく、苦しそうに言った。

「どうしたんだ？」

竜之助が訊《き》いた。

「あっしは築地明石町で番太郎をしている者ですが、男が象に踏まれて死にました」

「え？　象に？　象に踏まれて死んだだと？」

一瞬、頭が混乱した。

なんと訳のわからないことが起きたのだろう。

竜之助は、どうしたらいいのか訊きたくて、フグにやられた先輩同心たちを見た。

すると、皆、そなたに頼むと言いたげに、じっとりとすがりつくような目で竜之助を見返してきたのだった。

第一章　夜鳴きそば

一

明石町からの報《しら》せのすぐあとで、医者がやって来た。

「フグですか。ああ、そりゃあ駄目だ。水をいっぱい飲ませて吐かせるくらいしかできませんな」

とのことだった。

それなら、吐かせようというので、医者と門番とで、無理やり水を飲ませはじめた。

「諸先輩方、申し訳ありませんが、わたしは……」

「そうだ、福川。こんな馬鹿なやつらのことはどうでもいい。墓はわしがつくっといてやるから、そなたは早く明石町へ行くべきだ」

高田九右衛門も、竜之助をうながした。

「待ってください。福川の旦那。あっしも」

文治もフグ鍋を食べはしたが、口のまわりがしびれているだけだという。

「じゃあ、いっしょに来てくれ」

そう言って、奉行所を飛び出した。

だが、文治の走るようすはやはり覚束《おぼつか》ない。のたのたして、じれったい。

「悪いが先に行くぜ」

福川竜之助はそう言うと、いっきに走る速度を上げた。

文治はたちまち遠ざかる。

有楽原《うらくはら》と呼ばれるあたりから尾張町《おわりちょう》の四つ角を、全力で駆けた。

途中、報せに来た明石町の番太郎も追い抜いた。

晩秋の江戸の町を風のようにひた走る。

ここらに樹木など見あたらないのに、どこかから飛んで来た枯れ葉が、竜之助の足元で「あれが噂の……」と、ひそひそ話をするみたいに踊った。

もっとも、このところは毎日、江戸市中を駆けめぐっている。

なにせ、見習いである。体《てい》のいい使い走りである。

それでも嬉しい。たとえ、いまはまだ見習いでも、憧れの町方同心になれたのだから。

この竜之助、じつは姓も身分もいつわっている。

本当の姓は、徳川《とくがわ》である。田安《たやす》徳川家の十一男坊。それが南町奉行小栗忠順《おぐりただまさ》に頼み込み、同心としてもぐりこませてもらった。

もちろんそんなことは、他の与力同心たちはまったく知らない。かつてあった古い同心の家柄を復活させたという捏造《ねつぞう》を信じた。

小栗にしてみれば、これはほんのいっとき、田安の若さまのお遊びに付き合うくらいのつもりだっただろう。だが、

「どうせすぐに後悔するだろう」

という小栗の思惑や期待は、まったく当てがはずれた。竜之助はもう、この身分をなんとしても放したくないと思っていた。

まつりごとを学べ――そう勧める声は多かった。いずれ幕政に参加してもらうからと。

しかし竜之助は、まつりごとにはまるで興味がなかった。むしろ、徳川の世は

そう長くないと思っていた。

海の向こうから新しい時代がやって来ている。それを頑迷に拒否しつづければ、大きな世界から取り残されてしまう。皆が幸せならば、それでもかまわないが、徳川幕府が支配する世の中は、もう立ち行かなくなっているのも明らかなのだ。

それよりは、長年、真摯《しんし》に学んできた剣を活かし、江戸の人々の暮らしを守りたい。どんな世の中であっても、それは必要な仕事のはずである。

しかも竜之助は、巷《ちまた》にあふれるさまざまな謎を解き明かすのが、自分で驚いたほどに得意だった。江戸がまた、じつにさまざまな謎に満ちた町なのである。

「このあたりだな……」

竜之助は俊足を止めた。

数寄屋橋《すきやばし》御門前の南町奉行所から築地明石町までは、そう遠くない。本願寺の裏手にまわって、明石橋を渡ったところである。目の前に黒く江戸湾が広がっている。

ここらは町人地だが、ほとんどが漁師町である。

開いている店もない。まだ夜五ツ半（夜九時）くらいだが、あたりはほとんど静まりかえっている。

提灯《ちょうちん》の明かりが四つ五つ集まっているところがあった。明石町から十軒町《じゅっけんちょう》に出るあたりである。

「南町奉行所の者だ」

竜之助は人だかりに声をかけた。

「ご足労いただきまして。これです、遺体は」

町役人《ちょうやくにん》らしき男が、地面に提灯を向けた。

行き倒れみたいに、道端に人が転がっている。

竜之助は一目見て、

「うわっ、こりゃひどいな」

と、声をあげた。

こんなおかしな死体は見たことがない。胸から腹にかけて、ぺしゃんこに踏みつぶされている。逃げようとしたのか、横向きになったところを踏まれたみたいだった。

こんな死体はできれば見たくない。だが、今日は検死役の同心も来ない。フグでやられた口である。

仕方がないので、竜之助が死体を検分することにした。

嫌なものを見る。しっかりと見る。

それが同心の仕事の、最初の一歩である。

歳は三十くらいだろうか。町人である。足などもしっかり肉がついて、踏みつぶされる前は、さぞや元気で歩きまわっていたことだろう。

踏まれて吐いたらしく、血といっしょに口のまわりにはそばが飛び散っていた。

外傷はほとんどない。胸と腹を踏まれ、内臓がつぶれたのだ。圧死というやつ。ただ、手は血まみれだった。

一通り遺体を確かめて、

「象だなんて、嘘だろ?」

と、周囲を見た。

「この人が見たそうです」

〈明石町〉と書かれた提灯を持った町役人らしい男が、わきの若い男を指差した。

「ここらの住人かい?」

竜之助が訊いた。

「いいえ、神田《かんだ》から来た弥七《やしち》っていいます。たまたまそっちの道を通りかかったら、どすんという音がしたので、なにかなと見に来たんです。すると、この人が倒れていて、向こうに逃げていく大きな影が見えたんです」

「逃げていく？　まるで人みてえだな？」

「あ、なんか慌てて逃げていくみたいに見えたんです。でも、大きさは人なんかとは比べものになりません。山のような身体でした」

「なんで、それが象だってわかったんだ？」

「もちろん、本物の象を見たことがねえから、ぜったいに象だとは言えませんが、あんなに大きな生きものがほかにいるなら教えてもらいてえもんです」

「象ねえ……」

竜之助もすごく大きな生きものということだけはわかるが、どんな顔かたちをして、どんな声で鳴くのかなどはまったくわからない。

「どれくらい大きかった？」

「家一軒分ほどはありましたよ」

たしかに馬がいくら肥っても、家一軒分ほどにはならないだろう。

「四つ足だったかい？」

「そうです」

「尻尾《しっぽ》は？」

「そこまではちっと……」

男は困った顔をした。

「何色だった？」

「なんせ暗かったんで」

「ああ、そうだな」

空にあるのは細い三日月である。光はほとんど降りてはこない。

「でも、そこらの家の明かりからして、白っぽかったですかね」

「ふうむ」

たしかに絵草子などで見た記憶からしても、茶色ではなかった気がする。縞《しま》模様などもなかったはずだ。

「鳴いたかい？」

「ああ、なんか、がおっ、とかそんな感じで」

「がおってかい」

なにやら怖ろしげではないか。大きな牙が見える気がする。

「それで、どっちに行ったんだ？」

「そっちの大名屋敷のあいだの道を左に曲がったみたいです」

「左にか」

左は大名屋敷が並ぶ一帯である。

一瞬、白壁を象の大きな影が横切っていく光景が頭に浮かんだ。

「でも、象なんか、いま、わが国にいるのかよ？」

竜之助は素《す》っ頓狂《とんきょう》な声で言った。

二

「福川さま」

後ろで女の声がした。

振り向くと、瓦版屋のお佐紀《さき》がいた。

「よう、お佐紀ちゃんじゃないか」

「象に踏まれた人がいるんですって？」

遺体をのぞきこむみたいにして訊いた。

かわいい顔をしているくせに、瓦版を書くためなら、危ないところにもどんどん首を突っ込むというお転婆である。

「早いな、もう聞いたのかい？」

「本願寺のところにいたら、寿司の親分とばったり会ったんですよ」

寿司の親分というのは、文治のことである。実家が寿司屋をしていて、文治も当然、あとを継ぐべきなのに、捕物が好きで岡っ引きをしている。

もっとも竜之助にしても、お城におさまっているはずが、こうやって町方同心になり、江戸市中を駆けまわっている。文治のことを悪くは言えない。

「文治は？」

「もう、まもなく」

そう言ったとき、やっと文治がやって来た。途中で追い抜いた明石町の番太郎もいっしょである。

文治は、まだ足元をよろつかせながら、

「福川さま。ほんとに象なんですかい？」

と、訊いた。

「ああ、どうもそうらしいんだが、でも、象なんか日本にいねえよな」

竜之助がそう言うと、

「あら、福川さま。象はいま、日本に来てるんですよ」

お佐紀が言った。

「え、いるのか？」

「今年の夏前に、横浜《よこはま》に牝の象が一頭、持ち込まれています。たしか、香具師《やし》が買って、見世物にすると言っているみたいですが、もう江戸に来たのかどうか」

「なんてこった」

竜之助は額に手を当てた。

では、象に踏まれたのは本当かも知れないのだ。

周囲にいたここらの町役人や番太郎たちも、この話には唖然《あぜん》としている。お化けのたぐいだった象が、急に現実のものになったのだ。

だが、さっき象を見たと言った若い男は、

「ほおらね」

と、自慢げな顔をした。

もっとも日本はすでに国を開いているのだ。これからはいろんなものが押し寄せてくるのだろう。象などは過去にも来たことがあるが、いままで見たことのない奇妙な生きものやら食べものやらが入って来るに違いない。

「でも、福川さま、江戸に入ったという噂は聞きませんよね」

お佐紀は首をかしげた。

「ああ、聞いてないなあ」

奉行所でもそんな話題はなかったはずである。

「大きな生きものだから、街道を歩いて来たなら、話題にならないわけはありませんよね」

「うん。下手したら、おれたちだって象の警戒に駆り出されるよ」

「船で来たのかもしれませんね」

と、お佐紀は海のほうを見た。

横浜から江戸まで、船だったら誰にも見られずつれて来ることができる。この、目の前の河岸に上陸したのかもしれない。

「福川さま。下手人が象だったら、踏んじばらなくちゃないまへんよね？」

文治はまだしびれが残っているらしく、もつれたような口調で言った。

「そりゃそうさ」

「縄が足りまへんぜ」

「ああ。人手もな」

「福川さまとあっしじゃ無理ですかね」

「おいらは自信がねえな」

竜之助は苦笑した。

だが、人を踏みつぶした象はどこに消えたのか。

まさか、そこらじゅうで、人を踏みつぶして歩いているなんてことは……。

もし、そうなっていたら、町中大騒ぎになっているはずだが、あたり一帯は静まり返っている。

「福川さま。とりあえずひとっ走り、ここらをまわって来ますよ」

「うん。そうしてくれ。おいらも、ここが一段落したらすぐにひとまわりするよ」

「見つけたら笛を吹きますので」

そう言って、文治は象が消えたというほうに歩き出した。

「福川さま。あたしも訊きまわってみます」

文治の後ろ姿を見ながら、お佐紀が言った。

「そうか。気をつけなよ」

お佐紀はたぶん止めたって聞かない。

文治とは反対のほうに曲がっていった。

三

なにごとかと怖ろしくて家に閉じこもっていたここらの住人も、町方の同心が来たことで安心したらしく、ぽつぽつと寄り集まってきた。

「象が出たってよ」

「象ってなんだい?」

「そりゃあ、なんかこう、化け物みてえに大きな牛だよ」

そんな話も聞こえた。

象が牛の化け物にされてしまっている。だが、見たこともない生きもので、まるでなじみがない。そんな頓珍漢《とんちんかん》な想像も致し方ないだろう。

この前に日本に象がやって来たのは、吉宗が将軍の時代だった。長崎に上陸し、江戸まで東海道を歩いてやって来たときは、街道の人々を仰天させたという記録も残っている。

竜之助の想像にしたって、たぶんここらの住人と似たようなものなのだ。

「おい、足跡があるかもしれねえので、あまり近寄らないでくれ」

竜之助はそう言って、踏みつぶされた遺体の周囲の地面を調べはじめた。

だが、それらしいものは見当たらない。

そのかわり荷車の車輪の跡があった。できたばかりに見える。まさか、象を荷車で運んだのか。だが、そんなものには載せられないだろう。

「あのう、旦那」

さっき象を見かけたと言った男が、竜之助を呼んだ。

「おう、どうした？」

「あっしはもう、帰ってもいいですか？」

「あ、すまなかった。帰ってもいいよ。ただ、もしかしたらまた話を訊くかもしれねえ。神田の弥七って言ったな？」

「ええ。よく覚えてましたね」

「町名と、長屋住まいだったら大家の名前も教えといてもらえるかい？」

「はい。岩井町《いわいちょう》の金兵衛《きんべえ》長屋です」

「ありがとうよ」

男は足早に立ち去った。

「誰か、変な影を見たとか、鳴き声を聞いたとかいう人はいるかい？」

竜之助は周囲の連中に訊いた。

だが、皆、首を横に振るだけである。

とくに手がかりが見つかりそうもないので、ここらをひとまわりしようかと思ったとき、

「おーい。大変だ。誰か来てくれ！」

明石橋近くの河岸のほうで誰かが騒ぐ声がした。

「なんだ、どうした？」

明石町の隣りにある十軒町の町役人が声をかけた。

「誰かここで死んでるよ」

「なんだって！」

竜之助は急いで駆け寄った。

明石橋のたもとで、河岸と段差になっているその下である。

「いま、夜釣りから帰ったら、ここに倒れていて」

漁師が下に提灯を向けていた。

たしかに男が倒れている。

さっきもこの上を通ったが、夜鳴きそばの屋台が置きっぱなしになっていて、ちょうどその裏側になったのだろう、まったく気づかなかった。

竜之助は腰をかがめ、鼻に手を当て、首の鼓動を確かめた。

死んでいる。

「まさか、この人も象に踏まれて？」

と、寄って来た町役人が訊いた。

「いや、違う。斬られてる」

立ち上がって、寄って来た町役人たちにも見えるようにした。

「うわっ、ひでえな」

首から背にかけてぱっくり傷が開いていた。

血の乾き具合からすると、それほど時は過ぎていない。せいぜい四半刻（三十分）ほど前に斬られたのではないか。

「あれ、その人は、この屋台のそば屋のおやじですぜ」

明石町の町役人が言った。

「そうなのか」

屋台のおやじがそばを売っている最中に、首から背中を斬られて死んだ。なんだか奇妙な殺され方ではないのか。

――ん?

頭にも怪我をしているのが見えた。後頭部である。手を当てるとふくれている。落ちたときぶつけたのだろうか。

「あ、ここに血の痕が」

上の屋台のところにいた番太郎が言った。

「どれ?」

竜之助も上に行き、地面を確かめた。

なるほど、屋台の裏のあたりに血が飛び散った痕がある。

「ここで斬られ、下に落ちたのでしょうね」

ちょうど真下に倒れている。

うつ伏せである。どうなって頭の怪我ができたのか、ちょっと想像しにくい。

「辻斬りですね」

と、町役人が言った。

「ここんとこ、出てるんでしょう、旦那?」

「まあな」

それで今日も夜回りに出るはずだったのだ。

「芝とか高輪《たかなわ》でやっていると聞いてたけど、ここらまで来てるんですね?」

「どうかな」

竜之助は首をかしげた。

斬り口がそれほど鋭くない。斬り抜けていない。

むしろ薪《まき》割りの要領である。

これまでの辻斬りとはちがう気がする。

同じ辻斬りだと、これで四人目になるのか。

竜之助は、三日前の晩に芝であったやつを矢崎とともに検分に行った。

芝界隈《かいわい》は定町廻りの矢崎の担当から外れているが、北のほうに来ないとも限らない。手口を見ておこうということで駆けつけたのだった。

それは見事な斬り口だった。

斬られたのは武士で、いちおう刀を抜こうとはしていたらしい。鞘と鍔《つば》を結んだこよりも取れ、鯉口《こいぐち》も切られていたが、抜くのが間に合わなかったのだろう。

相手は居合いの名手だったかもしれない。

肩から胸まで斬り下げられていた。

このそば屋を斬った下手人に、そこまでの腕はないはずである。

だが、決めつけるのはまずいだろう。立ち合いにはさまざまな予期せぬことがある。相手の動きによっては、いかに腕の立つ者でも、こんな斬り口になるのかもしれない。

——それにしても、象に踏まれた死体の近くに、刀で斬られた死体とは、いったいどうなっているのだろう……。

四

竜之助は、そこになにかのつながりはあるのかと考えながら、二つの遺体のあいだを行き来した。

すると、ふいに、

「若さま」

風のなかに囁《ささや》くような声が混じった。茶目っ気も感じられる明るい声である。

「え？」

前にも後ろにも誰もいない。人の気配もない。

だが、間違いなく女の声がした。

「ここです」

女がすっと現われた。

闇のなかでも色っぽい。そこだけがうっすらと白く、匂いたつようだった。

「やよいじゃないか」

「はい」

八丁堀《はっちょうぼり》の役宅で、身のまわりの世話をしてくれている女である。

もともとは田安家の奥女中だった。それが、竜之助が同心になって八丁堀の役宅暮らしをはじめたら、この女もついてきた。どうも、将軍家に伝えられた最強の秘剣である〈風鳴《ふうめい》の剣〉の行く末を見定めるというのが、この女の役目らしい。

したがって、竜之助は目のあたりにしたことはないが、武芸の腕は相当に立つはずなのだ。

その道で言うところの、くノ一。闇の中からふいに現われるなど朝飯前なのだろう。

ただし、このくノ一、とにかくめったやたらと色っぽい。せっかく鍛えた武芸まで骨抜きにされそうで、竜之助は苦手にしている。

「なんだ、仕事中だぞ」

竜之助はすこし動揺し、その動揺を隠すため、怒ったような口調で言った。

「それはわかっています」

「ここにいると、誰に訊いた？」

「あら。それくらい、わかりますよ。うふっ」

また微笑んで、しらばくれた。

もしかしたら、のべつあとをつけられているのだろうか。

「そんなことより、若さま」

「若さまはやめろ」

「竜之助さま」

「なんだ？」

「支倉《はせくら》さまが御用だと」

「爺《じい》が……」

爺とは、田安家の用人、支倉辰右衛門《たつえもん》である。

竜之助が幼いときからお守役を兼ねていたが、近ごろは用人のなかでも筆頭と言える地位にあるらしい。

もっとも竜之助は、田安家の内部の地位など、なんの興味もない。

支倉は竜之助の頼みを受け入れ、親類である南町奉行の小栗忠順に話を通し、いまの身分をつくってくれた。それには感謝もしている。

「こんな遅くにか？」

「大事な御用だそうです」

「まさか変な恰好はしてないだろうな？」

「しています」

「やっぱり」

と、顔をしかめた。

支倉辰右衛門は竜之助の動向を心配し、しょっちゅうようすを見にやって来る。いかにも徳川家の家老でございというような、きらびやかな身なりで。それで、町方の見習い同心ににじり寄ったりしていたら、ぜったい変に思われるだろう。だから「せめて、来るときは巷の庶民を装ってくれ」と頼んだのだ。

するとは支倉は、いろんな変装をして会いに来るようになり、近ごろではそれを楽しんでいるような気配もある。

「どんな恰好だ？」

「ほら、あれ」

「げっ」

なんと猿回しがやって来た。しかも、本当に猿をつれているではないか。

この猿は、田安家の庭で飼われていたもので、竜之助を見ると、猿は嬉しそうに手を伸ばしてきた。

「爺、なんだ、その恰好は。やめてくれ」

「ですが、変装しろとおっしゃったのは若ではないですか」

「そんな変なものに化けろとは言ってないだろうが」

「猿回しのどこが変ですか。しょっちゅう町でも見かけるじゃないですか」

「町の猿回しは変じゃなくても、爺が猿回しになっているのは変だろうよ」

あまり大きな声で言うと、贋物《にせもの》の猿回しだと知られてしまうので、声は落とし、だが、力を入れて言った。

「そうでしょうか。わたしはかなり気に入ったのですが」

「そんなことより、用事はなんだ?」

「それです。じつは、若に動いてもらわなければならないことが」

「駄目だ。いま、忙しいんだ」

「それどころではござらぬ」

「こっちだってそれどころじゃないよ」

「若。蜂須賀《はちすか》家の美羽《みわ》さまはご存じでしょう？」

急に思わぬ名前が出て、竜之助はどきりとした。

「ああ」

無愛想な返事をする。

「失踪なさいました。お屋敷を抜け出し、いなくなったのです」

「失踪？　いつから？」

「いなくなったのは三日前です」

「なんでまた？　お父上と喧嘩でもしたのか？」

「紙に殴り書きが残されてあったのですが、それには、調べたいことができたので、しばらくいなくなる、とだけ書いてあったそうです」

「ということは、自分でいなくなったんだろう？」

「そうですな」

「自分の足でいなくなったんだよな？」

「たしかに」

「だったら大丈夫だろうよ。誰かにさらわれたとかいうならともかく、美羽どのはいくつになった？」

「十八に」

「む。十八にもなったのなら、危ないことと危なくないことの区別くらいつくだろうよ」

「つきましたか？　若も？」

皮肉っぽい笑みを浮かべて爺は訊いた。

「……………」

たしかについてなかった。だが、いまは自分の欠点を認めて、反省しているような場合ではないのだ。

「駄目だよ。おいらに、そんな暇はねえよ」

辻斬り騒ぎのさなかに、象に踏まれるなどというこんな奇怪な事件が起き、あらたに別の死体も見つかった。

しかも、奉行所の外回りの同心たちは、フグにやられて壊滅状態なのだ。

「若さま、無視できるのですか？」

「え」

「この申し出を断われますか？」

爺は究極の人道的見地に立ったような、これから説教でもはじめそうな口調で訊いた。

竜之助はふいに、どうにもならない運命にからめとられたみたいな気持ちになって、

「わかったよ。合い間に動けるだけ動いてみるさ」

と、諦めたように言った。

「早急に鉄砲洲《てっぽうず》の下屋敷のほうを訪ねてみてください。姫はこのところ、そこで暮らしていたそうなので。用人の川西丹波《かわにしたんば》はご存じですね？」

「知ってるよ。じゃあな」

竜之助はそう言って、また考えごとにふけりはじめた。

五

支倉とやよいは竜之助と別れ、お城のほうへ引き返した。

支倉は南町奉行所で奉行の小栗に礼を言ってから、田安の屋敷に帰るという。

「あのう、支倉さま」

「うむ。どうした？」

「竜之助さまの態度が、なんかおかしかったですね？」

やよいは気になった。

「そうか」

「おかしかったですよ。なんか言いたいことがあったのに、無理に言葉を飲み込んでしまったみたいでしたよ」

「ははあ」

思い当たるふしはあるらしい。

やはり竜之助にはなにか秘密がある。

「支倉さま。その美羽さまとおっしゃる方は、若さまとなにか関わりがあったんですか？」

「大ありだ。なんせ、竜之助さまの許嫁《いいなずけ》なのだから」

「えっ」

やよいの顔が強張《こわば》った。

「だから、断われるはずがないのじゃ」

「それはそうですよね」

「なんだ、知らなかったのか」

「知りませんでした」

「まだ、幼いうちに決まっていたことだからな」

ああいう家柄のお方は、早くから夫婦になる相手が決まっていたりする。それは当たり前なのに、竜之助に限ってはそんなことがあるとは思わなかった。

「では、さぞやご心配なのでしょうね」

「さっきのお顔を見ると、やはり心配なのだろうな」

支倉は満足げにうなずいた。

六

「旦那、ちょっと……」

また、象に踏まれた遺体のほうから竜之助に声がかかった。

「どうしたい？」

「この近所の男がいま、顔を見て思い出したそうですが、こっちもやっぱり屋台のそば屋だそうです」

「え、この男も？」

竜之助は呆気《あっけ》に取られて、遺体を指差した。

「間違いありません。あっしは、こいつのそばも食ったことがありますから」

近所の男というのが自信ありげにうなずくと、

「あ、ほんとだ。沼井屋のおやじだ」

十軒町の提灯を持った番太郎も言った。

「沼井屋っていうのかい？」

「ええ。あっちの屋台が大川屋で、こっちが沼井屋。ちっと時刻はずれますが、二人ともここらをほぼ毎日、流して歩いてました」

「橋のたもとで斬られたのも屋台のそば屋。象に踏みつぶされた男も屋台のそば屋。いったいどうなっているんだよ」

竜之助は腕組みし、天を仰いだ。

「ほんとですね。そば屋には受難の日なんですかね」

十軒町の番太郎がもっともらしい顔で言った。

「あれ？」

竜之助はもう一度、遺体を見た。

「どうしました？」

十軒町の番太郎が訊いた。

「沼井屋はそばを吐いてるぜ」

さっきもそれは見ている。だが、それが意味するところには気づかなかった。

「ええ、吐いてますね。それがなにか？」

「ここらに、沼井屋の屋台はあるかい？」

竜之助は周囲を見まわした。

「ないですね。だいたいが沼井屋もここらに来たときは、あの橋のたもとでやるんです」

十軒町の番太郎がそう言うと、

「あ、そうそう。おれは沼井屋から聞いたことがあるよ。ここと、その向こうの船松町《ふなまつちょう》のところと二ヵ所でやっているんだって」

と、近所の男が言った。

「どっちが先に来るんだい？」

「大川屋です。沼井屋のほうは、大川屋がいなくなって、半刻ほどして来るんです。いつもなら、いまごろは船松町のほうで店を出しているはずです」

と、近所の男が答えた。

「だが、ここらに沼井屋の屋台がないとなると、このそば大川屋の屋台のそばだってことになるよな?」

と、竜之助は番太郎に言った。

「たしかにそうですね」

「なんか、おかしくねえか?」

屋台のそば屋がわざわざ他人の屋台のそばを食べたのである。

「おかしいです」

「あ!」

竜之助は、目を見開いた。

「また、なにか?」

「おい、沼井屋の手を見てくれ」

「手ですか?」

「血がついてるだろう」

「ええ」

「誰の血だ?」

「自分のでしょ。口からそばだけじゃなく、血も吐いてるじゃないですか」

「違うよ。そうかぁ、すぐに気づかなければならなかったのに、やっぱりひどい遺体に動揺したんだな。この血はおかしいぜ」

「なにがです？」

「だって、いきなりこんなふうに踏みつぶされたんだぜ。手を口元に持っていくことなんかできるかい？　たぶん、一瞬のうちに死んだんだよ」

「では、この血は……大川屋の血？」

竜之助はその問いには答えず、

「大川屋と沼井屋では、どっちのそば屋が流行《はや》ってたんだ？」

と、十軒町の番太郎に訊いた。

「沼井屋ですよ」

「沼井屋のほうかい？」

意外である。

「ええ。沼井屋のそばのほうがうまかったですから」

「そうなのか」

「夜鳴きそばなんかやらせておくのはもったいねえくらいでしたよ。そばもつゆも、藪《やぶ》そばだの砂場だのに負けねえくらいでした」

「大川屋は？」

「いや、大川屋のそばも食ったことはありますが、ひどいもんでした」

「そんなに？」

「つゆのダシはきいてないし、そばも小麦粉のほうが多いくらいで風味が足りねえ。しかも、つゆがぬるかったりするんですから」

「そりゃあひどいね」

夜鳴きそばは、外で食うものだけに、とくに熱くないといけない気がする。

「だから、客の入りもまったく違ってました。まあ、沼井屋が十杯売れるあいだに、大川屋のほうは一杯か二杯出たらいいってとこじゃないですか」

「そうか。そんなに違ったのか」

じつはさっきちらりと、こんなことを思ったのだ。

流行らない沼井屋が大川屋に嫉妬《しっと》し、食べてみたらなるほどうまい。この男がいる限り、自分の商売は上がったりだろう。それで、殺してしまえと……。

だが、沼井屋のほうが断然うまく、十倍も流行っていたなら、殺す意味はなくなってしまう。大川屋のそばを食べていたとしても、嫉妬の感情もわくはずがない。

やはり、決めつけるわけにはいかない。

沼井屋は大川屋が倒れているのを見つけ、介抱しようとしたが死んでいた。そこで、慌てて番屋に駆けつけようとしたところに象が出現し——ということも考えられるのだ。

「こりゃあ、辻斬りの件が解決しねえ限り、象のこともわからねえかもしれねえな」

竜之助はそうつぶやいた。

七

「福川はいるかい？」

明石橋のほうからこっちに歩いて来る武士がいた。

小者が一人、〈御用〉の提灯を持って付いてくる。

「ここです」

「よう。おれを知ってるか？」

自分の顔を指差した。

見覚えがあり、南町奉行所の者というのはわかる。だが、外回りの担当ではない。袴をつけ、刀も落とし差しなどにはしていない。

「お顔はお見かけしていますが」

「吟味方《ぎんみがた》の戸山甲兵衛《とやまこうべえ》だ」

「あ、お名前はうかがっています」

けっしていい評判ではない。

綽名《あだな》がある。〈外れの甲兵衛〉と呼ばれている。

取り調べのとき、いろいろ複雑な推理をする。ところが、それは皆、ことごとく的外れなものだという。

「ものすごく単純な事件が、怖ろしく奇々怪々な事件になってしまうこともある」

そんな話もある。

「吟味方の戸山さまが、なぜ、ここに？」

竜之助は訊いた。

吟味方というのは、いわば事務方で、ふだん奉行所のなかにいる。そこで、もたらされた書類を検討し、揉《も》めごとの仲裁をしたり、刑罰を決めたりする。現場に出てくることはほとんどない職種なのだ。

　ただ、戸山の場合、

「現場を踏まずに正しい審理はできぬ」

　というのが信条らしく、じっさい、しばしば現場に顔を出しては、外回りの連中に煙たがられているのだ。

「高田のおやっさんに言われたのさ。まだ見習いの福川ってやつを助けてやってくれとな。大滝だの矢崎だのが、風邪だかなんだかで寝込んじまったんだろ？」

「ええ、まあ」

　さすがに高田も、フグ鍋を食ったということは伏せてくれたのだろう。そうしないと、あの人たちは失職する恐れもある。

「象に踏まれたんだって？」

「ええ」

「そこの遺体か？」

　と、すでにむしろがかけられた明石橋下の大川屋の遺体を指差した。

「いえ、それはまた違うんです」

「どういうことだ？」

「わからないのですが、半町ほど先に象に踏まれたという遺体があり、ここに首から背中を斬られた遺体があったのです」

「ふうむ。ちっと、遺体を検分させてもらうぜ」

「ええ、どうぞ」

戸山はまず、象に踏まれたほうに向かった。

「うわっ、なんだ、こりゃあ。変な死に方だよなあ」

などと戸山の声がした。

たしかに変な死に方であったかもしれない。だが、それはもちろん、当人が選んだ死に方ではなかった。ほとんどの人間はそうやって、思いがけない死を迎えてしまうのではないか。

つぎにもどって来て、河岸の遺体を見た。

「なるほどなあ。そういうことか」

「なにか、わかりましたか？」

「わかった。ずばり、こうだ」

戸山はにやりと笑って、

「福川、おそらく象というのは、怖ろしくうまい食いものなのさ」

「えっ、うまいんですか？」

そんなことは初めて聞いた。

「ああ、四つ足って日本人はあまり食わねえけど、いざ食うとけっこううまかったりするじゃねえか」

「そうですね」

田安家でも、一橋《ひとつばし》家から届けられる豚肉の味噌漬けをよく食べた。あれはかなりおいしかった。

「肉をやたらと食う異人たちでさえ、舌鼓《したつづみ》を打つくらいなんだ。たぶん、そこらは高田さんがくわしいのだろうがな」

高田だって、象がうまいかまずいかは知らない気がする。

「それで？」

「象は見世物のためじゃなく、食いものとして江戸に持ってこられたのさ。そこで、象がうまいと聞いた二人のそば屋は結託し、象を強奪しようとしたんだと思う。ところが、象を運んで来たほうだって必死だから、これに応戦して、一人は斬られ、一人は象に踏みつぶされたというわけさ」

「ははあ」

「これで、そば屋二人が相次いで殺されたわけも説明がつくし、なにも矛盾することはないだろう」

驚くべき推理である。

矛盾もないかもしれない。

ただ、象の肉がうまいという、奇妙な決めつけを別にすればである。

「戸山さん。そこまで言い切るには、ちっと早いんじゃないでしょうか？」

竜之助は遠慮がちに言った。

「そうかな。おれにはこれがいちばんしっくり来る答えだと思うがね」

戸山はそう言って、奉行所に引き返した。

——まさか、あの推論で勝手にものごとを進めてしまったりするのだろうか。

竜之助はなんとなく不安になってきた。

八

やよいは竜之助の役宅で帰宅を待ちながら、

「ふう」

と、大きくため息をついた。

竜之助に許嫁がいたという衝撃から、まだ立ち直れずにいる。

奥女中として接していた竜之助が、八丁堀の同心として役宅の暮らしをはじめた。それで用人の支倉から、

「若の身のまわりの世話をしてくれぬか？」

と言われたときは、嬉しくて狂喜したものだった。

竜之助のことは大好きだった。

田安家では、竜之助は身分の低い女の子どもというので、ずいぶん冷たく扱われていたらしい。だが、それで卑屈になったりはせず、むしろ弱い者の痛みがわかる男として成長した。

心のまっすぐなところ。ひたむきなところ。

それは世間知らずで、どこか野暮ったくて、大丈夫かなと思うところもいっぱいある。

でも、町方同心として不思議な事件に立ち向かっていくあの一所懸命な姿を見たら、胸をときめかさない女はいないのではないか。

だから、最初の半月ほどは嬉しくて仕方がなかった。

ところがいまは、それにせつなさがまじっている。いや、せつない気持ちのほうが強くなって、お役御免を申し出ようかと思うときもある。

――竜之助さまは、わたしのことなど女と思っていないのだろう……。側室でもいい、とさえやよいは思う。だいたいが、自分の身分では正室になどなれるわけがないのだ。

だが、竜之助は以前、おかしなことを言っていた。

「だいたい、殿さまだって、かならず側室を持つとは限らないんだよな。黒田如水《くろだじょすい》という武将はそうだったらしいぜ。正室と死ぬまで仲よく暮らしたんだと。そういうのって、いいよなあ」と。

それは側室などいらないという意味で、すなわちわたしなんか取りつく島もないということになってしまう。

胸のうちにときおり、

――色仕掛けでいけばいい……。

と、ささやく声がある。

竜之助は若くて健康な男なのだ、色っぽいところを見せれば、かならずくらくらっとなるに違いないと。

だが、それは芸者とか、ああいう本当に色っぽい女の人だからできる技だろう。わたしのような女はしょせん、色気なんてないのだ。くノ一の修行や、武芸の鍛錬ばかりしてきた女が、そんなに色っぽくなれるわけがない。

そう思っては、また落胆したりするというのが、このところの日々であった。

――美羽姫さまはどんな人なのだろう?

やよいはどうしても、蜂須賀家の姫が気になっている。

九

――いったい今日という日は、どういう不運なめぐり合わせになっているのか。

奇妙な事件が相次ぎ、支倉の爺だの、吟味方の戸山甲兵衛だの、訳のわからない人間まで現われた。しかも、外回りの先輩たちは皆、フグの毒でひっくり返っている。こんな日はうまい飯を食って、早いところ寝てしまいたい。

そう思ったら、
ぐぐうっ。

と、竜之助のお腹が大きな音を立てた。

「旦那。腹が空いているみたいですね」

明石町の番太郎が笑顔で言った。親切そうな初老の男である。

「うん。これから夕飯だってところにこの報せで、飛び出して来たんだよ。もう、ぺこぺこだ。夜鳴きそばでもいいから、ずるずるっとかっこみたいよ」

「そいつは申し訳なかったですね」

番太郎が頭を下げた。そう言えば、報せに来たのはこの番太郎だった。

「なあに、お互い仕事だもの」

「旦那。そば、かっこめばいいじゃねえですか？」

「え？」

屋台のそば屋など、ここらには見当たらない。

「橋のたもとにあるじゃねえですか。あるじのいなくなった大川屋の屋台が」

「あ、あれな」

「どうせ、もう、あれはつくるやつもなしに捨てられちまう。食ってやったら供養ってもんですよ」

「だが、いくら夜鳴きそばでも、おいらはつくったことないんだよ」

「あっしがつくって差し上げますよ。昔、やってたことがあるんです。屋台運ぶのがつらくなって、番太郎に鞍替えしたんですが、それくらいつくれますぜ。さ、食べましょう」

「そうかい」

番太郎に勧められて食べるかという気になった。

「つゆもいい具合に熱くなってますし、具もいろいろありますから、たっぷり載せちゃいましょう」

なるほど、昔やっていたというだけあって、手際がいい。たちまち豪華な夜鳴きそばができあがった。小エビのかきあげにゴボウの天ぷら、かまぼこ、さらにはもみ海苔《のり》をたっぷりちらしてある。

「こりゃあ、すごい。いただくよ」

夜風に湯気を撒きながら、ふうふう言って、ずずっとすする。十軒町の番太郎が言っていたほどぬるくはない。

そばの風味はたしかに足りないかもしれないが、腹が減っているから、充分にうまい。天ぷらやもみ海苔が、ダシのきいていない分をちゃんと補ってくれている。

「いや、ほんとにうまい」

竜之助はこの夜鳴きそばというやつが大好きである。

それはそばやつゆの味だけを言えば、通りに店を構えたところのほうがおいしいだろう。

だが、外の景色を見ながら食べるこの風情がいいのだ。

もしもまた、竜之助が田安の家に引き戻され、町人たちから見たら贅沢《ぜいたく》な三度の飯を食うようになったとしても、ふっと「夜鳴きそばが食いてえなあ」と、思うのではないだろうか。

たちまち食べ終えると、

「おかわりいきますか?」

と、番太郎が訊いた。

「いいのかい。ちゃんと代金は払うよ」

「旦那。この寒い夜中に腹を空かせてここまで走ってきたんでしょう? これから下手人を捜し出してあげるんでしょう? たとえ大川屋が生きていたって、代金なんざ受け取りませんよ」

たしかにそうかもしれなかった。これくらいのことまで拒否してしまうのは、逆に町人と自分たちは身分が違うのだと言っているようなものだろう。持ちつ、持たれつ。困ったときにはお互いさまで。

「そうかい。じゃあ、ごちそうになるよ」

二杯目をたぐりはじめたとき——。

文治とお佐紀が相次いでもどって来た。

「いたかい、象は？」

「いませんでした」

「象を見たって人は？」

「それもいませんでした」

「お佐紀ちゃんはどうだった？」

「あたしのほうも、象を見たって人はいませんでした。荷物を載せた荷車が通ったという人はいましたが、荷車じゃ象は載せられませんしね」

竜之助がさっき思ったのと同じことを言った。

「仔象だったら載るかもしれねえぜ」

竜之助は笑った。

「そうですね。でも、横浜についた象はやっぱり相当、大きかったみたいですよ」

「ううむ、そうかぁ」

竜之助は唸《うな》りながら腕組みをし、

「これはやっぱり、横浜に行くしかないな」

と、言った。

第二章　ビフテキ

一

築地明石町の現場から八丁堀の役宅にもどると、竜之助は、

「やよい。おいらは横浜まで行って来るぜ」

と、告げた。

「横浜に！　いまからですか？」

「いくつか用事をすませたら、すぐに向かうよ」

「一人で？」

「そうだよ」

文治も行くと言ったが、まだ調子はよくないみたいで、おそらく竜之助の足に

ついて来られないだろう。

それなら、調べておいてもらいたいことがいくつもあるし、現場の始末も見届けなければならない。

というわけで、一人で行くことにした。

「江戸から横浜まではどれくらいあるかな?」

「八里(約三十一キロ)はありますよ」

それくらいなら、竜之助がちょっと急げば片道に二刻(およそ四時間)、往復四刻あれば充分だろう。もっとも要件にかかる時間もいる。

それでも明日の昼前にはもどって来られるはずである。

「どうして、また?」

と、やよいは訊いた。

「うん。詳しく話している暇はないんだが、象のことを調べに行くのさ」

「あ、奉行所で聞きました。若さまは、人が象に踏まれた一件で築地明石町に行ったって。あの死体はほんとにそうだったのですか?」

「わからねえんだが、横浜に象が来ているのは本当らしいのさ」

「まあ」

やよいは絶句し、心配そうな顔をした。

だが、その象がひそかに江戸に入っていて、しかも夜中に歩きまわっていたりしたら、とんでもないことになる。毎晩、踏みつぶされる人が続出するだろうし、だいいち、文治が言ったように捕縛しなければならない。

そのためには、いろんなことを知っておかなければならない。象をあやつることができる者はいるのか？　暴れているのをおとなしくする方法はあるのか？

等々、訊いてみなければわからない。

「居留地に入れるんですか？」

「駄目かもしれねえ。でも、香具師《やし》なんかは外に住んでいると思うんだよ。だから、中に入れなくても、いろいろ話は聞けるはずなのさ」

「でも、もし、ほんとに象が人を潰していたなら、捕まえることになりますよね」

「そりゃそうさ」

「お白洲《しらす》にも引き出すのですか？」

「そういうことになるだろうな」

「もし、打ち首獄門が決まったら、誰が象の首を……」

「おい、なんだか戯作《げさく》の筋でもつくってるみたいな気がしてきたぜ」

と、竜之助は思わず噴いた。

だが、笑いごとではないのだ。

着流しの同心姿では走るときに邪魔くさい。袴を出してもらい、草鞋《わらじ》の替えも風呂敷に包んでもらった。

「若さま……」

仕度をしながらやよいが言った。

「なんだ？」

「支倉さまがおっしゃっていた蜂須賀家のお姫さまの話をうかがってもいいですか？」

「別にかまわねえよ」

「お会いしたことはあるんですか？」

「あるよ」

「美人ですか？」

「うん。かわいい顔をしていたよ」

「かわいい？　あたしみたいな感じですか？」

やよいは恐る恐るといったふうに訊いた。

この女は、自分がかわいい感じだと思っているのだろうか。この色気の征夷大将軍みたいな女が……。

「やよいみたいに色……いや、まるで違うよ」

「お佐紀ちゃんみたいな感じですか？」

お佐紀はやよいと比べれば涼しい感じの美人で、いかにも賢そうである。

「そりゃあ難しいな。うーん、どっちにも似てねえな。なんせ、かなり変わっているんだから」

それは竜之助の実感だった。

二

竜之助はまず、鉄砲洲にある蜂須賀家の下屋敷を訪ねた。夜中の訪問だが、大事な話だからと門番に取りついでもらった。

用人の川西丹波には、支倉を通じて話が来ていた。

「これは竜之助さま」

「ああ、ひさしぶりだな」

どこぞの大名の茶会で会って以来である。

あのとき、竜之助はとにかく許嫁の美羽姫に嫌われようと、できるだけおかしな恰好をしていた。

本来、竜之助はけっこうお洒落《しやれ》である。それを、若い女が嫌うような、できるだけ野暮なものにした。

着流しの着物の裾をめくって、つんつるてんにした。刀も大刀と小刀を交差させるようにせず、小刀は右の腰に差した。

その珍妙な姿が功を奏したかどうかはわからない。ただ、美羽姫だけでなく、ほかの姫さまたちも竜之助のそばには近づこうとはしなかった。

「二日ほどはわたしが方々駆けずりまわって捜したのですが、いっこうに見つかりません。もっとも外聞もありますから、あまりいなくなったとは言えず、しらばくれて覗くくらいしかできないのですが」

「それじゃあなかなか見つからねえだろうな」

「もしかしたら、竜之助さまのところに行っているのかとも思ったのですが」

「おいらはもう田安の家にはいないぜ」

「ええ。支倉さまからうかがいました。でも、うちの姫も竜之助さまに負けないほど突拍子もないお人ですので、その八丁堀の役宅に転がり込まないとも限りませぬ」

川西丹波はおだやかならぬことを言った。

「そんな馬鹿なことがあるものか」

「ですが、美羽さまは竜之助さまにぞっこんですので」

「嘘をつけ」

竜之助はあわてて否定した。

「嘘など申しませぬ」

「わたしにはわかっている。以前、姫に泣かれたことがあるのだ」

「泣かれたですと？」

「ああ。勝手に婿を決められてしまう自分の境遇が悲しいとな」

「あ、それはそうです」

「そなたの言うことはおかしいぞ」

「いえ、ご自分の気持ちをくみ取ってもらえない身分や家の習わしなどはたしかに嫌っておられます。でも、そのお相手である竜之助さまのことは、ことのほかお気に入りなのです」

「そんな馬鹿な」

とは言ったが、もしかしてそれらしいことも言われたかもしれない。

「ま、それはまた、別のときに。それよりも、早く姫を見つけていただきませぬと」

「いちおう、捜してはみるが、手がかりはあるのかい？」

「ちなみにこういうとき、竜之助さまならまず、どうなさいます？」

「親しくしていた人の話を訊くだろうな」

「やはり。わたしも親しくなさっていた他藩の姫さまの三人に話を訊いたのですが、このところ会ってないと」

「そうか。気心の知れた女中などはおられないのか？」

「いました。だが、その者たちも、訊いてもわからないと。本当なのか、しらばくれているのか、奥女中なんぞは得体の知れないところがありますからな」

「そうだな」

やよいにもそんなところはある。

いや、女は皆、得体の知れないところがある。

「拷問にかけるわけにもいきませんし」

「そりゃあ、いかねえよ」

「あとはなにか？」

「姫といっしょにいなくなった者はいないのかい？」

「いませんね。お一人で出てしまったみたいです」

「ううむ」

竜之助は唸った。あまりにも手がかりが乏しい。

「もう、調べようはないですか？」

「いや。これは秘密をあばいたりするのであまりやりたくないのだが、姫の部屋を見て、手がかりを捜すだろうな」

「それです。それをやってください」

「いいのかい？　あとで怒るんじゃねえのか？」

「大丈夫です」

用人は、二階の端にある美羽姫の部屋に案内した。

「犬だの猫だのがうろうろしていますので、踏まないようにお気をつけて」

部屋の中にも猫と犬が二匹ずつうろうろしていた。

「ほんとだ、犬猫だらけだ」

「こんなものではありません。まだまだいますよ」

「なんでまたっ?」

「姫さまがお好きなので」

「ふうむ」

部屋が臭っている。犬猫の体臭というより、糞《ふん》の臭いだろう。

「あ、馬鹿犬がまた、中で糞をしたな」

と、用人が近くの犬を蹴る真似をした。

「こんなこと、姫さまの前では言えませぬがな」

一通り眺め渡す。臭いと犬猫をのぞけば、意外にふつうの若い姫さまの部屋といった感じである。

机の上に文箱《ふばこ》があり、手紙が入っている。

中を読めば、手がかりになるようなことも書いてあるかもしれない。だが、姫は下手人でもなんでもない。手紙などを見られたら嫌がるに決まっている。

やはり、それを開けて読む気にはなれない。

文箱のわきに、絵だか文様だかを描いたものがあった。

「これは？」

「ああ、それは姫さまのお印《しるし》ですよ。いままで使っていた撫子《なでしこ》はやめにして、これに替えるとおっしゃってました」

　お印というのは、町人たちにはないが、徳川家や宮家などにある風習である。自分の持ち物に、独自の文様を描いたり彫ったりして、他の人の物と区別するのだ。一人だけの家紋みたいなものだろう。

　竜之助のそれはタツノオトシゴだった。もっともそんな風習はとうにやめているが。

「何の文様だい？」

　じっと見ながら訊いた。

「何でしょうね。あの姫さまのなさることなので、わかりませんね」

「お化けかな？」

「わたしもそう思いました」

たぶん、人魂とかそういうものだろう。

「いちおう、これは預かってもよいかな？」

なにかの手がかりになるかもしれない。

「ええ、もう注文し終えたはずですから」

竜之助はそのお印の絵を懐に入れた。

それから、遠くを見るような目でちょっと考えると、

「ご用人。いまはまだ、なんとも言えねえよ。それに、おいらは今晩、横浜まで行って、明日の昼ごろにもどって来るんだ」

と、言った。

「それはまた、お忙しいことで」

「もどって来たら、思いつくところを捜してみる。あの姫はたしかに変わっている。でも、自分の身を守るくらいの知恵はあるから、そう心配はねえと思うぜ」

そう言ったあと、内心、それはやっぱり気休めだな、と竜之助は思った。あの姫はなにをしでかすか、わかったものではない。

三

蜂須賀家の下屋敷を出ると、徳川竜之助は南町奉行所に立ち寄った。

一歩入ると、やけに静かであるのに気づいた。

だいたい夜中の奉行所というのは、ひっそりしている。

ところが、今夜はまた、ひときわである。

——もしかして……。

嫌な予感が脳裡をよぎった。誰かが亡くなってしまったのではないか。矢崎三五郎が頭に三角の紙をつけているのが思い浮かんだ。

だが、フグの毒は強烈らしい。あの元気な矢崎でさえ、命を落としても、なんの不思議はない。

同心部屋にはすでに誰もいない。

もっと奥に行った。

宿直《とのい》のとき、仮寝をする部屋がある。

そこに男たちが寝ていた。

「一人、二人……七人」

七人がマグロのようにだらしなく、眠っていた。

よかった。全員いる。

後ろから医者が来た。別の部屋で薬を調合していたらしい。

「毒はまだ抜けませんかい？」

フグの毒はだいたい一晩で抜けると、どこかで聞いた記憶がある。

「うむ。もうすこしかかるでしょうな。ただ……」

と、語尾が濁った。

「なんです？」

「フグの毒だけではないみたいなのです」

「どういうことです？」

「しばらくしたら、腹痛や下痢もはじまった。フグ毒で下痢なんかはないはずなのです」

「ということは？」

「腐ったものも食ったのでしょうな」

「なんてことだ」

よりによって腐ったフグ鍋を食べなくてもよさそうである。

とそこへ——。

高田九右衛門が来た。

まだ高田の閻魔帳を手にしている。こんなときでも同心を採点することが頭を離れないらしい。

「明石町の現場に吟味方の戸山甲兵衛さんが来られました。高田さまに行けと言われたそうで」

すこし非難の口調がにじんだかもしれない。

「だが、そなただけでは動き切れないだろう」

「そんなこともありません。文治も手伝ってくれますし」

「それに、戸山には前から頼まれていたんだ。あいつが言うには、事務方はまるで合わなくて、自分のような男は現場で頭を働かせるのがいちばんなのだそうだ」

「はあ」

そんなふうには思えなかった。

ただ、当人がそう思っているふしは充分に感じられた。

「同心たちのあいだで綽名《あだな》があるらしいな」

「ええ」

「〈ずばりの甲兵衛〉というんだろう？」

「え？」

同心部屋では違うふうに言っている。外れの甲兵衛。

「たしかに、ずばりというのは口癖のようでしたが」

それで当たったことがあるのだろうか。

噂をすれば影で、その戸山甲兵衛がやって来た。

「おう、福川、もどったかい？」

「はい」

「高田さま。これはおおごとですぜ」

「なにがだな？」

「このフグ中毒、料理屋のしくじりなんかじゃねえ。事件なんですよ」

と、戸山は言った。

さっき築地で会ったときは風邪だと思っていたみたいだったが、結局、隠し切れなくなったのだろう。土台、七人も人数が欠けているのに、ごまかせるわけはないのだ。

「え？」

「しかも、狙ったのは、大滝だの矢崎だのじゃねえ。ずばり、福川、おめえなんだよ」

と、戸山は竜之助を指差した。

「わたしを？」

「そう。あのフグ鍋を〈小吉《こきち》〉という料理屋に頼んだのは矢崎だ。矢崎の話をくわしく訊いたほうがいい」

竜之助たちは同心部屋に行き、矢崎の枕元に座った。

うとうとしていた矢崎を起こし、

「おう、矢崎。この中毒はあるじの小吉のしくじりじゃねえ。たぶん、あの店にいた野郎のしわざなんだ」

と、戸山は言った。

「やっぱりそうか。小吉が毒を入れるなんて、どう考えてもあり得ねえと思ってたんだ」

矢崎は天井を見つめたまま、力のない声で言った。

「そのときのことをくわしく話してくれ」

「ああ。おいらは早めに町回りが終わったので、木挽町《こびきちょう》にある小吉の店に寄って、軽く一杯やってたのさ。辻斬りの話だの世間話をしていて、そのとき、福川の話も出た」

「わたしの？」

「ああ。それで、今日は辻斬りの警戒で皆、夜どおし町を歩かなくちゃならねえ。あったまってから行きたいんで、フグ鍋をつくってくれと頼んだわけさ」

「なるほど」

「そのときに、店にいた客が、さっき話した福川さまも召し上がるんですか？と、訊いたのさ。おいらは、福川も食うと返事をした。それで、水を入れて火にかけるだけにした鍋をつくってもらったんだが、その鍋を運ぶのに風呂敷がいいだの、紐で縛るかだのって話で、奥に入ったりした」

「そのとき？」

「ああ。鍋は置きっぱなし。そこにいたのは客一人」

「そうでしたか」

竜之助はうなずいた。

「その隙に、取り除いてあった胆や、ゴミ溜めの腐った魚かなんかもいっしょに鍋の中にもぐりこませたのさ」

と、戸山が言った。

「くそっ」

矢崎が呻《うめ》いた。

「それで、その客なんだがな、矢崎がいなくなってすぐ、慌ただしく勘定をすませて出て行ったそうだぜ」

「常連ですか？」

竜之助が戸山に訊いた。

「いや、小吉は初めての客だったと言ってた」

「矢崎さん。どんな顔かは覚えてますよね？」

「顔か。ほとんど見てねえな。わりと若くて、三十ちょっとくらいの男だったんじゃねえかな」

それでは埒《らち》が明かない。

「その小吉に訊くしかないですね」

「ああ、おれが訊いといてやるぜ」

「小吉ももう寝るでしょうから、そのつづきは明日ということにして、わたしはいまから横浜に行ってきます」

「横浜？」

高田をはじめ、周囲の者が皆、呆《あき》れたような声を出した。

「どうも、本物の象がいま、日本に来ているらしいんです。夏ごろに横浜に上陸したんだとか」

「その象に踏みつぶされたのか？」

と、高田が訊いた。

「それがわからないので、横浜でいろいろ訊いてこようと思います」

「大変だな」

と、高田が竜之助をねぎらった。

「こんな役立たずばっかりだからな」

「いえ、そんな」

「あ、そういえば、高田さま」

と、戸山が言った。

「なんだ？」

「象の肉というのは、怖ろしくおいしいのでしょうな？」

「象の肉だって？　知らないな、そんなものは。食べたこともないし、本物を見たことすらない。だが、わしの経験からすると、あまりでかくなった生きものは肉もだらしなくてまずいだろうな」

「でかくてもまずいとは限らんでしょう？　じゃあ、クジラはどうなんですか？」

「クジラ？　あ、そうか」

二人は食いもの談議をはじめるらしい。

とても、こんな話に付き合ってはいられない。

「では、行ってきます」

と、竜之助は奉行所を飛び出した。

四

やよいはぼんやりと考えている。

いつもなら、いまごろは廊下を挟んだ斜め向こうの部屋で、竜之助がべらんめえ口調を稽古している声が聞こえていたりする。

「あたりめえだ、べら棒め」

「冗談言っちゃいけねえよ」

「おきやがれ、このとうへんぼく」

まるで子どもの言葉みたいにたどたどしく、可愛らしい捨て台詞《ぜりふ》。

同心や町人たちの暮らしになじもうと、本気で稽古している竜之助のけなげなこと、なんて素敵なこと。

だが、いまはひっそりとしている。

竜之助は横浜に出かけてしまった。もどりは明日の昼近くになる。

出がけに話したことを思い出した。

「やよいみたいに色……」

というところで話は途切れた。あれはきっと、「やよいみたいに色……気のない女じゃない」と言おうとしたのだ。

きっと、美羽姫はすごく色っぽい人なのだ。

——竜之助さまの好きな色っぽさというのは、どういう感じなのだろう。

そう思ったら、なんとしても見たくなった。

だが、そんなことをしたと知ったら、竜之助はひどく怒るだろう。

——そうだ。忙しい竜之助さまに代わって、姫さま捜しをやってあげよう。これは、そういうことなのだ。

自分のやることに大義名分ができた。

やよいは、蜂須賀家の下屋敷に潜入することにした。

蜂須賀家は二十五万石もあり、数寄屋橋御門内に上屋敷があるほか、方々に中屋敷や下屋敷を持っている。鉄砲洲の下屋敷もそのひとつである。

――え？

おかしなことに気づいた。

数寄屋橋御門内の上屋敷は、南町奉行所のすぐ隣りではないか。

それに、姫が暮らす鉄砲洲の下屋敷というのも、八丁堀の役宅から目と鼻の先ではないか。

――会おうと思えば、すぐ会える距離じゃないの。

もしかしたら、いままでもときどき会っていたのではないか。

やよいの胸のあたりが急にねじれるみたいになった。

暁九ツ（深夜零時）の鐘が鳴るのを待って、鉄砲洲の下屋敷に忍び込んだ。やよいはくノ一の修行も積んでいる。こんなことはお手のものである。

いくつもある屋敷の一つだけあって、人けは少ない。こういうところはほとんど無防備なのだ。田安家の下屋敷あたりもひどかった。泥棒が四、五日居つづけていたって、たぶん気づかれなかったりする。

姫の部屋というので、二階の日当たりのいいところに当たりをつけた。

木の枝から屋根に移り、東南の角部屋の窓から中に入った。二階の窓の板戸にも、鍵すらかかっていない。これなら竜之助でも忍び込める。

足を踏み入れて、すぐに、

——これは違う。

と、思った。姫さまの部屋にしては変な臭いがする。若くきれいな姫さまのいる匂いではない。

懐から細いろうそくを取り出し、懐炉《かいろ》から火を移した。

まずい。部屋の隅に犬が二匹いた。

いったん逃げたほうがいいか。手なずけるための餌を持ってきていない。

だが、この犬たちは吠えもせず、のそのそとやよいの足元に寄ってきた。

——なんだ、こいつらは？

嬉しそうに尻尾を振り、しがみついてきたりする。

番犬ではないのだ。ただ、かわいがっているだけの愛玩《あいがん》用らしい。

猫もいた。猫は一匹、二匹、三匹……もっといる。

どうやら美羽姫は生きものが好きらしい。

さっきの臭いの正体にも気づいた。どこかにこいつらの糞が落ちているのだ。

部屋全部を眺めた。調度品などは間違いなく姫のものである。

ざっと調べてみる。

ここは竜之助も調べて行ったはずである。

机の上の文箱《ふばこ》に手紙があった。

宛名もなにもない。だが、この身分の方たちは飛脚に頼んだりしない。お付きの女中や小者に直接、持っていかせるだけなのだ。これもそうして届けられたものだろう。

この手紙なんかは、竜之助はたぶん遠慮して見ていない。殺しの調べとかいうなら見ただろうが、失踪かどうかもわからないうちに、手紙をのぞくなんてことはしない気がする。

——でも、わたしは遠慮無用。なにせ色気のないくノ一ですから。

そっと読ませてもらうことにした。

「このところ、忙しかったけど、ようやくこっちに来ています。遊びに来てちょうだい。お土産なんかいらないわ。鳥寄せの新しい笛をつくったの。来るわ、来るわ。どんどん集まって来るわよ。早くあなたに見せてあげたい。桜子《さくらこ》」

美羽姫の友だちらしい。かなり親しい間柄みたいである。

桜子というのが名前。

返事を書いた気配もある。

——もしかしたら、この桜子という人のところに行ったのではないか。

文面にある「こっち」というのはどこだろう？

そこを捜さなければ、とやよいは思った。

五

竜之助が奉行所を出たときには、もう夜四ツ半（夜十一時）ほどになっていただろう。

東海道をひたすら飛ぶように歩いた。

人通りはまったくないかと思ったが、そうでもない。横浜に向かうと思しき人や荷車をずいぶん追い越した。来る人もいる。

やはり、横浜はにぎわっているのだ。

途中、六郷《ろくごう》の渡しがある。

舟はまったく出ていないかと思ったが、水主《かこ》小屋に人がいて、礼をはずんでくれたら渡してやるという。もちろん、渡る。

そこからは二里ほど歩いたか、神奈川の宿場に着いた。

本当ならここの港を開く約束だったが、幕府はすこし南に行った横浜に桟橋をつくり、居留地をあてがった。

それについては、なにやらすったもんだはあったらしい。

この宿場から横浜はすぐである。

明かりが見える宿に声をかけ、空いている部屋で夜明けまで寝かせてもらうことにした。もちろん正規の宿代は払った。

二刻（四時間）ほどぐっすり眠ると、ほとんど疲れは取れていた。

香具師の花右衛門《はなえもん》の家は宿の番頭に訊いたらわかった。

「居留地の手前にある野毛町《のげちょう》というところですよ」

横浜でも有名な男らしい。

その野毛町に来た。

通りからはすこし奥に入るが、農家のような大きな家だった。

門のところでようすをうかがうと、縁側で洗濯物を干している女がいた。

「あのう」

と、声をかけた。

「なあに？」

「香具師の花右衛門さんはいますかね？」

「いま、出かけてるよ」

三十くらいの、なかなかきれいな女が言った。

「わたしは江戸の南町奉行所で同心をしている者だが」

そう言って、近くまで寄った。

「え、うちの人、なんかやった？」

うちの人と言ったので、花右衛門の女房らしい。

「いや。違います。ちっと象のことを訊きたくて」

「ああ、象ね。いま、いないよ」

「いないんですか？　こちらの花右衛門さんが買ったと聞いたけど」

「見世物にするつもりで買ったんだけど、両国広小路《りょうごくひろこうじ》の興行は許可だの檻だのといった問題があって、いまは進まずにいるんだよ。奉行所と話してないかい？」

「ああ、もしかしたら北町奉行所のほうと交渉してるのかもしれませんね」

北と南の奉行所は、月替わりで訴えを受け付けているのだ。

「それで、象はいま、どこに？」

「なんでも象に興味のあるお大名が、許可が下りるまで屋敷の庭で飼ってやるから江戸に連れて来いと、船で持っていったんだよ」

「そうですか」

やっぱりそうなのだ。

「いつのことですか？」

「三日ばかり前だよ」

「花右衛門さんもいっしょに？」

「うちの若い者三人とね」

「おかみさんは、象は見ましたよね？」

「もちろんだよ。そこに小屋があるだろ。そこで飼ってたんだから」

庭の隅を指差した。

馬小屋よりもずいぶん大きい。

「やっぱり象は大きいですか？」

「まあ、たいしたもんだね。その小屋にやっと入ったくらいだもの」

「暴れたりはしなかったので？」

「しないね」

「人を踏みつぶしたりするって聞いたのですが？」

「そんなこともあるらしいわね。鼻で殴られたら、人なんか棒みたいにふっ飛ばされるってね。でも、花江《はなえ》はおとなしくて、一度も怒ったりなんかしなかったわよ」

「いま、花江って言いましたね？」

「うん、言ったよ」

「名前ですか？」

「そう。自分が花右衛門だから、花江なんだって。でも、その前のなんとかといった名前があったから、花江なんて呼んでも、知らんぷりだったわ」

なんだか頼りない話である。

「花右衛門さんの言うことは聞くんですね？」

「たぶんね」

「たぶんですか」

「向こうにいるときは、丸太を運んだりといった力仕事もしていたみたいなの」

「へえ」

「そういう難しい仕事をさせようと思ったら大変かも。でも、見世物で見せる芸はこれから覚えさせるみたいよ」

「では、言葉は通じるのですね？」

「言葉？」

「ほら。お手、とか、お座り、とか。犬はわかるでしょう。あんなふうに」

「ああ、まだ、日本語を覚えてなかったからね」

「わたしは本物の象を見たことがないんですよ。それで警戒するのに姿をよく知っておきたいのですが、どんな顔かたちをしてるのです？」

「どんなと言われてもねえ。あ、ちょっと待ってよ」

女房は縁側から下に降りるとしゃがみこみ、落ちていた棒っ切れを手にして、地面に絵を描きはじめた。

まず、大きな丸を描いた。

「頭はこんなに大きいの。それで鼻がこんなふうに長いわけ」

象がこっちを見た顔である。

「棒みたいですね」

「まっすぐのときはね。でも、これが丸まったり、よく動くのよ。草とかも、これでつまんで口に入れるんだから」

「へえ」

「凄《すご》いのは耳なのよ。こんなに大きいの」

大きな三角を顔の両脇に描いた。

「これが耳ですか。蝶々みたいですね」

「そうなのよ。羽ばたいたりもするのよ」

「へえ。目は大きいんですか?」

「ううん。目はそんな大きくもなかったね。でも、人間にしたら大きいよ」

「ほう」

竜之助は帳面と筆を取り出し、この女房が描く通りに写していく。

象の本物を知らないからなんとも言えないが、この女房はあまり絵はうまくないかもしれない。

「それで、足が四本でしょ」

「あ、四本あるんですね」

「この裏側にも二本ね」

「太いですね」

「そう。でも、前足をこんなことして上げたりするの」

と、手でその恰好をしてみせ、

「かわいいわよ。ほんとにいい子だったね」

「いい子?」

「酒飲んで暴れたりもしないし、大きな声を上げて喚《わめ》いたりもしない。こんな遠くに連れて来られても、静かに運命に耐えてるみたいに。なんだか、象を見てたら、あっちのほうが人間よりよほど立派だなって思うわよ」

花右衛門の女房はふいに目頭を押さえた。

ちょっとやさぐれた感じもある女だが、こんなふうに憐れみ深いところもあるのだろう。

「うーん、だいたいこんな感じかな」

棒っ切れを動かす手を止めた。

昔、絵草子で見たものとも、似ている気がする。

たしかに、こんな生きもの、日本にはいない。

「鳴かないんですか?」

「なんて言うんだろ。あんな鳴き声、聞いたことないから。ぽぉーおって感じかな」

「どんなふうに？」

「たまに鳴くわよ」

「ぽぉーお？　がおぉ、とは鳴かないですか？」

「がおぉ、なんて鳴かないよ」

築地明石町で見た男は「がおぉ」と鳴いたと言っていた。

では、象ではないのか。

「花江はメスですよね」

「メスよ」

オスの象が「がおぉ」と鳴くのだろうか。

「色は何色でした？」

「鼠色」

と、すぐに言った。

「鼠色なんですか」

それは意外である。

大きな象が、小さな鼠と同じ色だなんて面白い。

「毛はあるんだけど、あんまりないわよ。禿《は》げたのかしらね」

「毛は生えてますよね？」

「禿げた？」

「そう。ちょこっとふわふわって」

「へえ。象は食べるとうまいという人もいるんですが」

「食べるとうまい？」

「適当な話かもしれません」

「だって、象って皮が厚そうだよ」

「皮が？」

「そうよ。中にどれくらいの肉があるのかわかんないけど、あれを食いたいって思うかしらね」

花右衛門の女房は首をかしげた。

「いやあ、いい話をずいぶん聞くことができました。ありがとうございました」

竜之助は頭を下げた。すると女房が、

「あ、思い出した」

ぽんと手を叩いた。

「なにを？」

「象の写真を撮った人がいるわよ。居留地にいるフリーマンという異人。その人からわけてもらったらどう？　なにせ、本物がそのまま写ってるんだから」

「わかりました。では、頼んでみますが、中に入れるのですか？」

「大丈夫だと思うけど、最近、外国人が斬りつけられたりして、物騒なことが多いから、お侍にはうるさいかも」

「ああ、たしかに」

「うちのがいたら、話を通してあげるんだけど。誰か中に入る人に頼んで、呼んでもらってはどう？」

「そんな手もありますか」

「ここじゃ、いろいろやるのよ、皆。まともにやったら、役人が堅苦しくてうるさいから。あ、お武家さまも役人でしたね」

「いや、かまいませんよ」

そう言って歩き出そうとした竜之助の後ろで、

「そういえば、やっぱり象のことで、変な姫君が訪ねて来たっけ」

「変な姫君？」

竜之助は足を止めた。

まさか、蜂須賀家の美羽姫ではないのか。

「いつですか？」

「三日前よ」

「象には会ったのですか？」

「象が出たあと。がっかりしてたわよ」

美羽がいなくなったのと一致する。

嫌な予感がした。

「お供もなしで？」

「いいえ、お供はいたわよ。お姫さまだもの。若い侍と、中間《ちゆうげん》みたいのが二人」

それはおかしい。用人は、いっしょにいなくなった者はいないと言っていた。

では、やはり美羽姫とは違うのだろう。

六

フリーマンに会うため、竜之助は居留地のところまで来た。

急速に新しい町が発展しつつある。ここからも、見たことがないような家がいくつも建てられつつあるのが見えている。

江戸の町木戸みたいな門があった。

そこで、門番に止められた。

「どこに行かれるかな？」

「フリーマンという人に会いたいんだ」

アメリカ語もできないのに、会って何か頼むことができるのか、自分でも不安である。

「ああ、フリーマンさん。写真を撮る人だろ？」

「そう。その写真のことが訊きたくてね」

「フリーマンさんならいないよ」

「いない？」

「ちょっと前に、いろんな道具をかついで外に出て行ったよ。たぶん、そこの野毛の山あたりで写真を撮るんじゃねえかな。なあ？」

と、別の門番に声をかけた。

「そう。なんでも外の写真を撮るのは大変らしいぜ。真っ暗い箱みたいなものをつくって、その中でいろいろやらなくちゃならねえらしいよ」

「そうそう。でも、おれは写真を見たけど、たいしたもんだよな」

二人は竜之助とは関係ない雑談をはじめた。

竜之助は来た道をもどった。

さっきの花右衛門の家の裏手に、山が見えている。

景色のよさそうな山で、横浜の港を見下ろすこともできそうである。

山のほうから来た年寄りに声をかけると、荷物をいっぱい持った異人が上に行ったという。

急いであとを追った。

港を見下ろすことができる広場のようなところに出た。

その端のほうで、背の高い異人が、なにやら作業をしていた。日本人の若者もそれを手伝っている。

邪魔になりそうなので、離れたところに腰を下ろし、しばらくその作業を見物した。

写真というのは面白そうである。

一橋家の慶喜《よしのぶ》さまなどはひどく興味を持ち、自分でも撮りたがっていると聞いたことがある。

ところが、しばらくすると、竜之助が来たのとは反対のほうから四人の武士がやって来て、フリーマンを見て足を止めた。

なにやら話し合っている。

自分たちの写真を撮ってもらおうなどという相談ではぜったいにない。

嫌な雰囲気だった。

まさしく攘夷派《じょういは》の武士たちだろう。

竜之助は立ち上がった。四人よりはこっちのほうが近くにいる。動き出したら、そばに駆け寄ることになるだろう。

そのとき、竜之助が上って来た道を、別の武士が一人、やって来て、

「ようよう、お前さん方」

と、四人の武士に向かって大きな声で言った。

「なんだ、きさまは」

「おれは一介の浪人者さ。この国を世界に羽ばたかせてやりたいと思っている、天下の素浪人さ」

男はそう言って、四人の前に立った。

「その浪人がなんだ？」

「あんたたちがなにやら物騒な顔つきをしてるからさ。よからぬことをしようってんじゃないのか？」

「よからぬこと」

「異人を斬ろうなんて思ってるんだろう」

と、フリーマンのほうを見た。

フリーマンも緊張した顔で武士たちのやりとりを見ている。

「だったら、なんだ」

「やめろよ。くだらぬことは」

「くだらぬとはなんだ」

「この国は世界に出て行かなくちゃならないのに、お前らみたいな頭の固い、馬鹿な武士が邪魔しているんだろうが。あと何年かしたら、お前らは自分たちのしたことが情けなくなるぜ。世界の笑われ者だぞ」

「笑われ者だと」

「きさま、愚弄《ぐろう》するか」

と、四人は刀に手をかけた。

四対一である。

あとから来た武士は腕が立つ。それはすぐにわかった。

だが、四対一になるとどうなのか。

「おい、よしなよ」

竜之助も近づきながら声をかけた。

「なんだ、きさまは」

四人組の一人が言った。

「やたらと斬り合いなんざするもんじゃねえ。それも世界に笑われちまうぜ」

「やかましい」

「引っ込んでいろ」

四人はすでにやる気でいる。

「峰を返せ、峰を」

竜之助は言った。

四人にではない。一人のほうにである。

「黙れ」

「引っ込んでおれ」

四人はいっせいに刀を抜こうとした。

だが、浪人者の動きは速かった。

刀を抜かせない。剣が一旋、二旋した。

二人が腕を押さえた。

竜之助はいちばんこちらにいた武士の刀を払い、巻き上げた。剣は宙を飛び、三、四間先で地面に突き刺さった。

そのとき、浪人者はもう残りの一人の武士の腕を打っていた。

「ううっ」

「き、きさま」

三人が地面を転げまわっている。

どこも血は出ていない。浪人者はちゃんと峰を返していたのだ。

「お前らのせいで、日本はどんどん世界から遅れていくのだ」

と、浪人者は竜之助が刀を巻きあげた男に怒鳴った。

「異人にへつらった者が何を言うか」

そっぽを向いた。

「まだ、わからぬのか」

「あ、よせ」

竜之助が止めるまもなく、浪人者は刀の峰でその男の右腕を強く叩いた。

「うわっ」

この男も地面にひっくり返り、右腕を押さえながら地面をのたうちまわった。

皆、右腕の肘《ひじ》のあたりが粉々に砕かれただろう。

たぶんこれで、四人は攘夷どころではない。治っても、ふたたび腕を動かせるまで、ずいぶんかかるだろう。

フリーマンは斬り合いがはじまるとすぐに、逃げてしまっていた。

「いちおう、礼を言う」

浪人者は頭を下げた。

「いや、別にわたしは」

竜之助が手を出さなくても、この男なら相手の剣をかわしながら、すばやく小手くらいは打つことができただろう。

「じゃ、また、機会があれば」

そう言って、にこりと笑った。なんとも爽やかな笑顔だった。

歳は竜之助よりいくつか若いだろう。

浪人と言ったが、身なりはきちんとしているし、さかやきもきれいに剃り上げている。身分を偽っているのではないか。

懐から閉じた帳面らしきものが落ちそうになっている。

「落ちそうですよ」

「あ、これ……手製の字引きでな。アメリカ語は蘭語といくらか似ているところもあるんだが、でも、やっぱり難しくて。では」

くるりと踵《きびす》を返し、すたすたと山を下りていった。

竜之助はなんだか呆気に取られて見送った。

四人組のほうもよろよろしながら反対側に引き返して行くところだった。

フリーマンのほうも、自宅に取って返したら、しばらくは誰とも会いたがらない気がする。

ひどく腹が減っていた。そういえば、朝飯もまだである。

さっき居留地の門の近くに、「ビフテキ　西洋料理」と看板を出した店があったのを思い出した。

七

「やってますか？」

腰高障子を開けて、竜之助は恐る恐る訊いた。

障子には日本文字の「ビフテキ」の下にアメリカ語らしき文字も書かれてあって、もしかしたら異人の店かもしれない。

言葉の通じない状況というのをまだ体験したことがないので、すこし緊張したのだ。

「ええ、やってますよ」

こっちを向いたのは、ちょん髷《まげ》にたすきがけ、尻っぱしょりに下駄ばきという、一点の翳《かげ》りもない日本の男である。

「ただ、パンがまだ焼けてなくて、米の飯だけなんですが」

「ビフテキとやらを食べてみたいんだ」

「おお、朝から豪勢ですな。どうぞ、どうぞ」

店の中は、半分が一段高くなって畳敷きにしてある。あと半分は板敷きで、椅子と変なかたちの机がいくつか並んでいた。

「どこでもお好きなところに」

「うん。では、椅子に座るよ」

腰を下ろし、竜之助は調理場であるじが料理をはじめるのを見た。

取っ手のついた平たい鍋に油を引き、そのうえに平たく切った肉を入れた。ずいぶん大きくて、ぶ厚い。

すぐに肉の焼けるいい匂いがしてきた。

ブタ肉が焼ける匂いは嗅《か》いだことがある。それとはいくらか感じが違う気がする。

「真ん中は生っぽい気がするかもしれませんが、大丈夫ですからね。西洋人は皆、これくらいの焼き加減で食べるんですよ」

あるじはそう言って、皿に載せたビフテキを持ってきた。

肉の隣りには茹《ゆ》でたじゃがいもと、にんじんと、隠元豆《いんげんまめ》が置いてある。

飯も皿に盛ってあった。

「色どりもきれいだね」

竜之助は感心した。

「そこに小さな包丁と三つ叉の匙《さじ》みたいなのがあるでしょ。ナイフとホークっていうんですがね。それで切って、突き刺して食べるんです」

「こうかい」

「そう、ホークで押さえるようにして。あ、上手だ。そうです、そうです。日本人は左手がうまく使えないいんですが、お武家さまは上手ですね」

「なあに、二刀流だと思えばいいんだろ」

じっさい、そのつもりで食べている。

「うまいね」

「うまいでしょ」

「ほんとにうまい」

噛むと肉のうまさが口いっぱいに広がる。魚とはまるで違う脂の味。隣りの野菜も食う。これも塩だけのかんたんな味付けなのにうまい。飯がどんどん進む。皿でおかわりをした。

「なあ、おやじさん。象は食えると思うかい？」

食べながら訊いた。

「ああ。この前、エゲレス人に聞いたけど、食うこともあるらしいですね」

「うまいのかね？」

「硬いんですって。そりゃそうだよ。お武家さま、見ました？　あそこにいた象を？」

「いや、もういなくなってたよ」

「山みたいにでかいんだから。あれでは肉も硬いだろうって思いますよ」

まったく戸山の「ずばり」は当てにならない。

ビフテキはあっという間に平らげてしまった。

八

そろそろもどらないと昼までに江戸にたどりつけない。だが、もうすこしいろいろ象のことを訊いておきたい。

象の人相書きも、これが似ているか、何人かに確かめたい。ビフテキの店のおやじに見てもらうと、「なんとなく似ている」と言われた。もっとも象は一頭しかいないのだから、そっくりでなくてもいいのかもしれない。

時間がない。早くもどって、調べをつづけなければならない。

象の踏みつぶし。そば屋殺し。フグ鍋も怪しいのだったら、それも調べなければならない。辻斬りだって解決していない。あ、それに美羽姫の失踪もなんとかしなくちゃならない。

江戸に歩き出そうとしたとき、向こうから見覚えのある若い女がやって来た。

なんと、お佐紀ではないか。

「どうしたんだ、お佐紀ちゃん、こんなところで？」

「あら、福川さま」

「まさか、夜通しかけて？」

いくら江戸の近くでも、それはあまりにも物騒である。

「違いますよ。品川に泊まり、夜明けと同時に出てきたんです」

「なにしに横浜に？」

「象のことを調べようと思ったんですよ。とりあえず、踏みつぶしのことはもう書いたんですけど」

と、早くも刷りあがった瓦版を見せてくれた。

昨夜、竜之助が奉行所に寄ったりしているあいだに、つくってしまったらしい。お佐紀のところは家族総出で瓦版をつくるので、たちまちできてしまうのだ。いまごろはこれが両国や神田界隈で売られているのだろう。

大きな字で、

「象に踏まれるな」

と、書いてある。

絵は男が踏みつぶされたところで、象の足らしきものも描いているが、真っ黒い犬の足みたいで、姿かたちはよくわからない。

「こりゃ、怖いね」

「ええ。でも、くわしく描こうにも、わからないから描きようがないんです。とりあえず、横浜からの象の足取りを追おうと思って来たんですよ」

「たいしたもんだね」

ほとんど同心のやることと変わらない。

「じゃあ、おいらが途中までつくった象の人相書きを見せるよ。香具師のおかみさんが描いたのを写したんだけどな」

と、紙を広げた。

「へえ、これが象ですか」

「でも、そっくりかどうかは微妙なんだ」

「とりあえず、写させてください」

お佐紀はすばやく紙と矢立てを取り出し、すらすらと描き写した。

「象って耳が大きいんですね？」

「そうらしいぜ。蝶々みたいだろ。これがぱたぱた羽ばたいたりもするんだそうだ」

「まさか、飛んだりはしませんよね」

「しねえだろうよ。なにせ身体もでかいもの」

身体の小さな仔象なら飛べるのだろうか。

「この、管みたいなやつはなんですか？」

「象の鼻だよ」

「あ、鼻が長いとはいいますね。へえ、こんなふうに長いんですか？」

「それで草とかをつかんで、ぽいっと口に入れるっていうんだから驚きだぜ」

「器用なんですね」

と、話しながらも描き終えた。

「まだ、中途半端なんだ。ほかにもいろいろ訊きてえことはあったんだが、もうもどらなくちゃならねえ」

「大変ですね。でも、同心は福川さまだけじゃないんですから」

「うん。まあな」

フグ中毒のことはお佐紀に言えない。瓦版に書かれたりした日には、皆、職を解かれかねない。

「すこしゆっくりしていけばいいんじゃないですか。あたし、横浜は三度目なんですが、おいしいものを売っているところを案内しますよ」

「へえ」

気持ちは揺らいだ。

お佐紀のような若い娘と横浜を歩いたら、それはさぞ楽しいだろう。

「いや、やっぱりそうはいかねえんだ」

「じゃあ、福川さま。そこにお店があるでしょ。あの店のパンを買って来て差し上げます」

門の近くに見えている店を指差した。

「パンか」

さっき、ビフテキ屋では食べられなかった。

「すぐです、すぐ」

お佐紀は言ったとおり、すぐに買ってもどって来た。

「これです」

紙に包んである。焼き立てのいい匂いもしている。

開けてみた。茶色くてやわらかい。

「大きいんだな」

「それで半分なの」

「これで？」

「でも、ふわふわしてるので、ご飯の三膳分はないと思います」

「どんぶり五杯分ほどありそうだがな」

「食べてみてください。ほんとはバタとか、果物を煮詰めたやつをつけて食べるとおいしいんだけど、なにもつけなくても大丈夫」

「おう、ありがとうよ」

大事そうにパンを抱え、竜之助は江戸に向かった。

第三章　パ　ン

一

徳川竜之助は江戸に帰って来た。

横浜を朝五ツ（朝八時）くらいに出て、ほとんど走りづめだった。昼にはまだ半刻（およそ一時間）ほどあるが、腹が減っている。たっぷり食べたビフテキの朝食も、品川あたりですべてこなれてしまった。

歩きながら、さっそくパンを食べる。

「うまい」

ご飯とはまた違うおいしさがある。小麦の香ばしさ。かすかな塩味。ご飯もそうだが、嚙めば嚙むほど甘みが立ち上がってくる。

これで半分と言っていたが、ぜんぶもらってくればよかったかもしれない。

行き過ぎる人が、あいつ、何、変なものを食ってるんだろうという顔をするが、そんなことは気にしていられない。

半分の半分ほど食べ、まずは南町奉行所に駆け込んだ。

そろそろ矢崎や大滝たちは具合もよくなって、手助けしてもらえるのではないか。この仕事の量ときたら、とても一人では抱えきれない。

だが、同心部屋にいたのは、難しい顔をした高田九右衛門だけだった。

「あれ、矢崎さんたちはもう出かけたんですか？」

「いや。まだ奥に三人が寝ていて、あと四人は明け方に医者のところに移したよ」

「そんなに悪いんですか？」

竜之助は心配になった。

もし、フグの毒が自分を狙ったものだったら、責任も感じる。

「命は大丈夫だ」

「よかった……」

「だが、あと一日二日はとても動けないだろうな。なにせ十歩も歩くと厠《かわや》に行きたくなるのだからな」

　高田まで下痢をしているような、情けない顔で言った。

「でも、奉行所のほうの仕事は大丈夫なんですか？」

　と、高田九右衛門に訊いた。

「それは昨日、非番だった連中が出てきているから支障は出ていないのだ。通常の仕事に限ればだがな」

「昨夜起きたいくつもの事件は？」

「そなただけが頼りだ」

「わたしだけ……高田さまはお元気そうですが？」

　いくら血や争いごとが苦手でも、象の足跡を探すくらいはできるのではないか。

「わ、わしは、元気でも、お奉行から面倒な仕事を山ほど命じられていて、とても外に出るゆとりはない。今日も戸山が動くと言っていたから、あてにしてくれ」

「戸山さんが……」

　あまりあてにしたくない人物である。

文句を言っても仕方がない。

なんだかいろんな事件が頭の中で混ざり合っているが、こういうときは一つずつ順番に手をつけていくほうがいい。

奉行所で袴を脱ぎ、替え用の雪駄《せった》を履き、象の騒ぎとそば屋殺しの件で築地明石町に向かった。


明石町の番屋には、昨夜、夜鳴きそばをつくってくれた番太郎がいて、

「これは福川さま。横浜に行かれたと聞きましたが」

と、驚いたように言った。

「ああ。もう行ってきたよ」

「もう、ですか？　横浜でしょ？」

「おいら、足には自信があるのでね……それより、そば屋殺しの件と象の騒ぎではなにか進展はあったかい？」

「あまり大きな進展はなさそうです。いま、文治親分が歩きまわっていますが」

「そうか」

もう一度、明るいところで現場をよく見ようと、まずは明石橋のたもとに向か

った。

昨日、置いてあった夜鳴きそばの屋台は、すでに片づけられている。もちろん、下の河岸に倒れていた遺体もない。

地面についていた血の染みも、いまはそれほど目立たない。

昨夜の禍々《まがまが》しい気配は、なにもなかったみたいに消え去っている。現に、いまも若い娘二人が、楽しそうに話をしながら通り過ぎて行った。

こうして、いろんなことが忘れられる。

だが、だから人は生きていけるのかもしれない。

竜之助はそんなことを思った。

さらにあたりをざっと見回すと、

「ほう」

と、竜之助は目を瞠《みは》った。

ここはじつにいい景色なのである。

前方は江戸湾が広がっている。

秋の高い雲が海の上にもあるが、それは青い空のほんの二割くらいである。空の青を映して、海も青が濃い。

海風が陸に向かって吹いてきていて、風の行方を追うように目を転じれば、三角のかたちをした大きな船溜まりが見えている。池のようにも見えるが、明石橋の下で海とつながっている。

漁師の船はほとんど海に出ているので、数は少ない。

向かい側は豊前中津《ぶぜんなかつ》藩の中屋敷で、庭の木々が船溜まりのほうまで枝を伸ばしている。それが水面にも映り、かすかな波に揺れている。

つぶやくような波の音。機嫌よさそうな鳥たちの鳴き声。

自分に俳諧《はいかい》の素養があれば、この場所にいたらたくさんの発句《ほっく》が詠《よ》めるのではないか。

江戸という町は、こうして歩いていると、ひょいときれいな景色や、変わった景色が広がったりする。雑踏と隣り合わせに、俳諧の世界のような景色がある。じつに変化に富んでいる。

横浜にいる外国人が江戸に来ると、町の美しさに驚くと聞いたことがある。それは、こんな風景と出会ったりしたからではないか。

つい、景色に見とれていたら、文治が番屋にもどって来たところで、後ろから声をかけてきた。

「福川さま」

「よう」

「お疲れさまでした」

「なあに、どうってことない」

「象の件はどうでした？」

「それだよ。どうも江戸に来ているらしいんだ」

下手したら、奉行所総出で象の探索をすべきなのだろうか。もしも、また踏みつぶされて死ぬような者が出たら、上司たちに頼んで、本当にそれを検討してもらわなければならない。

「そうなんですか。ただ、昨夜も今朝もここらで象のことを訊いてまわりましたが、誰もそんなものは見てねえそうです」

「あ、そうそう。象の人相書きがあるんだ。ちっと見てくれ」

明石橋の欄干のところで、懐から紙を出して広げると、それは美羽姫のお印のほうだった。

「あ、違った。こっちじゃねえ」

「なんです、そりゃあ？」

「うん。知り合いが描いた落書きみたいなものなんだが……あれ？」

縦だと思っていたら、もしかしたら横かもしれない。

さらに横浜で描いた人相書きのほうも取り出して、二枚を並べてみた。

「どうしたんです？」

「いや、こっちが象の人相書きで、こっちは別のものなんだが、もしかしたら同じものなのかと思ったのさ」

「同じものって、どっちも象ってことですか？」

「ああ」

「丸から飛び出したものは？」

「鼻だよ」

「それで、こっちが？」

「耳だな」

人相書きは象を前から見た顔。

美羽姫のお印は象の横顔。

たぶん間違いない。

香具師《やし》の女房は、大名が屋敷の庭で飼うと言って連れていったと証言した。まさか、それが阿波藩《あわ》なのか。だが、用人がそれを知らないということはないだろう。

あるいは美羽姫がほかの親しい大名家の姫と手を組んで、象を連れて来たのか。

では、香具師の花右衛門のところに来た姫というのは、誰だったのか。

「ううむ」

どうなっているのかわからないが、嫌な想像が浮かんだ。

美羽姫が象を連れ歩いて、町人たちを踏みつぶして歩いている。

いや、象は馬みたいに背中に乗れると聞いたことがある。

象の背中にまたがって、雄叫《おたけ》びをあげる美羽姫……。

「まずいな」

「なにがです？」

「いや、こっちの話だ」

美羽姫のことを話すわけにはいかない。なんで町方の同心が大名家のお姫さまを捜すのだという話になってしまう。

「それより、文治、そば屋のほうはどうだ？」

「大川屋と沼井屋が大喧嘩をしていたそうです」

「どんな言い合いをしてたかわかるかい？」

「ぜんぶ聞いていたわけじゃないらしいんですが、どうも大川屋が誰かに沼井屋の噂をしたらしいんですよ。それで、沼井屋がそのことで大川屋をなじったら、大川屋はそんなことは言ってねえと。そんなことは言わなくても、一目瞭然だろうと。そんな話だったらしいですぜ」

「ふうん」

どうもわからない。

「あっしはてっきり食いもの屋の恨みだと思ったんですよ」

と、文治は言った。

「食いものの恨みは聞いたことがあるが、食いもの屋の恨みってえのは初めて聞いたぜ」

「それがあるんですよ。うちのおやじなんかも、どこどこの寿司屋がうまいなんて話を聞くとむっとするんですよ」

「なるほど。でも、そういう気持ちはあったほうが味もよくなるんじゃねえのか？」

「そうなんです。ただ、客の評判は、大川屋のほうがまずくて、沼井屋のほうがぜんぜんおいしかったって、これはあのあたりのやつは皆、言うんですよ」

「そうだな」

十軒町の番太郎も、昨夜、そう言っていた。

「とすると、食いもの屋の恨みじゃないわけです」

「いや、そうとも限らねえよ。たぶん、女がからむな」

「え？」

「噂をしたってえのは、女にしたんじゃねえのかな」

「あ、なるほど」

「食いもの屋の恨みよりは女の恨みのほうが怖ろしかったりするぜ」

「へえ」

と、文治は意外そうに竜之助を見た。

「なんでえ、その顔は？」

「いえ。福川さまが、女のことを切り出したのはちっと意外だったもんで」

「意外か？」

「ええ」

「文治。おいらを朴念仁《ぼくねんじん》みたいに思ったら大まちがいだぜ」

持っていた十手をくるくるっと回して、さっと帯に差した。

その姿はなんとも言えず粋である。

「殺された大川屋の話は朝のうちに聞いておきました。ただ、こいつは気障《きざ》ったらしいやつだったらしく、長屋の連中からもあまり好かれてなくて、ほとんど話が聞けませんでした」

「気障だったのか」

「ろくなそばもつくれねえくせにと、さんざんでした」

「でも、意外にそういう男のほうが、女にはもてたんじゃねえのか？」

「そりゃあ、いい男で気障だったらもてるかもしれません。ところが、顔もひどかった。顔のことでは、沼井屋とどっこいどっこいだったはずです」

「ふうん。でも、いい男だからもてるとも限らねえぜ」

「へえ。福川さま、このところ女心の通になったみたいですね」

「そうか。ふっふっふ」

じつは、書物の知識である。

最近、『女心に強くなる秘訣　これでもてる』という本を買い、寝る前に読んでいる。

「それで、沼井屋のほうはどうだった？」

「沼井屋はいまから行くところでした。築地の南小田原町《おだわらちょう》の長屋です」

ここからもすぐである。

「じゃあ、おいらもいっしょに行くぜ」

と言ったときには、もう竜之助は歩き出している。

二

「ところで、福川さまはなにを持ってるので？」

と、文治は竜之助がずっと持っていた紙の袋を指差した。

「これ？　あ、そうだ。横浜でお佐紀ちゃんに会ったんだよ」

「へえ。お佐紀坊はまた、なんで横浜くんだりに？」

「象のことを調べに来たのさ」

「まったく、あのお転婆はたいしたものというか」

「いや、たいしたものだよ。それで、おいらが忙しいからすぐ江戸にもどると言ったら、横浜に来たならパンを買えと、これを手みやげにくれたんだ」

「あ、パンですか」

「半分は食ってしまったが、お前にも半分やるよ」

竜之助は残っている分を千切ろうとした。

「福川さま。申し訳ねえですが、あっしはそれが苦手でして」

「食べたことあるのか？」

「ひと月ほど前、お佐紀坊からもらったんですよ。横浜みやげだって」

「ああ、三度目だって言ってたな」

「食ったんですがね。すかすかして、ぼそぼそして、とても食えたもんじゃねえ。あっしはいいですから、どうぞ福川さまがぜんぶ召し上がってください」

「そうか」

こんなうまいものをと思ったが、好みは人それぞれである。

遠慮なくたもとに入れた。


長屋は、築地本願寺の裏あたりにあった。

風が通らない棟割長屋で、沼井屋はいちばん奥に住んでいた。出入り口の戸のわきには、夜鳴きそばの屋台が置かれてあった。大川屋の屋台より煤《すす》けた感じがした。

　長屋では通夜の準備中だった。といっても、部屋の中に早桶《はやおけ》と線香立てが置かれ、初老の男が座っているだけである。

「大家さんかい？」

　と、竜之助は声をかけた。

「はい、そうです」

「この沼井屋のことを調べてるんだがね」

「象に踏みつぶされたって本当なんですか？」

　お佐紀が瓦版に描いたりもしているくらいである。ここらの者は皆、知っているだろう。

「それはまだわからねえんだ」

「あたしはそんなわけないと思うんですがね」

「それより沼井屋がどんなやつだったか、訊《す》きてえんだがね」

「どんなやつですか？　ちょっと世の中を拗ねてたようなところはありましたね」

「拗ねてた？」

「以前は自分の店を持つほどだったのに、女房に逃げられたり、店がつぶれたりしてね」

「そんなことがあったかい？」

「ま、拗ねたくなるのもわかりますがね」

「じつは、最近、大川屋という夜鳴きそば屋のおやじと喧嘩していたらしいんだよ」

「そうですか」

「それで、喧嘩の理由は女がからんでるんじゃねえかと睨《にら》んでるのさ」

「あれが女と？」

大家は不思議そうな顔をした。

「考えにくいかい？」

「ちっと待ってください。おい、定公《さだこう》。ちっと来てくれ」

大家は隣りの住人に声をかけた。

「なんですかい？」

すぐに四十がらみの暢気《のんき》な顔をした男が顔を出した。

「この町方の旦那が、沼井屋は女のことで何かなかったかってお訊ねなんだがね、あれに女の話なんかあるわけないよな？」

「いや、ありましたよ」

「えっ、あったの？」

「あったというか、こいつが勝手に岡惚れしていただけなんですがね」

と、早桶を指差した。

「なんだ、岡惚れか。でも、どこの女に？」

「芸者ですよ」

「芸者？　そりゃあ、大胆不敵だろうよ」

「どうにかしようと思ったら、もちろん話になりませんよ。ただ、こいつのそば屋の客だったらしいんです。佃《つくだ》の渡しのところに食いに来るとか言ってたと思います。忙しいんでお座敷前にちょちょっと食べるには都合がいいんでしょうね。その芸者に岡惚れしてたんですよ」

「じゃあ、好きだとか言って、嫌われたんだろう」

「いや、こいつの場合、それはないでしょう。自分がもてないのは知ってましたから。ましてや芸者は高嶺の花です。見てただけですよ」

「その芸者を別のそば屋に取られたとか言ってなかったかい？」

と、竜之助がわきから訊いた。

「そうです。言ってました。なんで、あんなまずいそばを食うんだろうって」

「やっぱりな」

と、竜之助はうなずいた。

惚れていた芸者が、沼井屋から大川屋に店を替えた。沼井屋にはその理由がわからない。なにか告げ口でもされたのかというので問い詰めたのではないか。

「芸者の名前なんか知らねえだろ?」

「ああ、聞いてないです。というより、こいつも知らなかったみたいですぜ」

「文治、捜すのは難しいか?」

「いや。佃の渡しあたりに住む芸者はそうたくさんはいねえでしょう。見つかると思いますぜ」

「じゃあ、その芸者ってえのを見つけ出してくれ」

「わかりました」

「おいらは奉行所に顔を出すから、そっちに報《しら》せてくれ」

すこし昼寝でもしたいが、そうはいかない。

まだ、なにも解決できていない。

三

竜之助は文治と別れると、鉄砲洲のほうへ向かい、蜂須賀家の下屋敷に寄った。事件の現場と近いので、それだけはありがたい。これが本所《ほんじょ》だの駒込《こまごめ》あたりだったら、たぶんうっちゃっておいた。

門番に用人を呼んでもらうように頼むと、川西丹波はすぐにやって来た。

「これは竜之助さま。さ、さ、お入りになって。すぐにご昼食を用意させましょう」

用人はいそいそした調子で言った。

門番が変な顔で竜之助を見ている。なんで町方の同心があんなにへいこらされるのだろう、と思っているのだろう。これだから、大名関係の連中とは関わりたくないのだ。

「そんなものはいらない。時間がないから、パンを食いながら動いているのだ」

「パンを？　どうなさったので？」

「うん。ちょっとな」

言葉を濁した。

横浜に行って来たなどと言えば、速いだの、疲れているでしょうだのと、言われることはわかり切っている。

「そんなことより、美羽さまは象について話したことはないか?」

「象?　いいえ」

「じつは、これと、これが同じものではないかと思ったのさ」

竜之助は懐から美羽姫のお印と、象の人相書きを取り出した。

「これは顔で、お印は横から見たもの、人相書きは前から見たものだ」

「ああ、そう言われてみると」

「これが象という生きものなのだ」

「ははあ。美羽さまは生きものならなんでもお好きですから、その象というものに興味を持っても不思議はありませんね」

「ほんとうに家来は誰もいなくなっていねえんだな?」

「ええ」

「ううむ」

竜之助は唸った。

「どうかなさったので?」

用人も不安そうにしている。

やはり、言わないと話が進まない。

「象のことを調べるのに、夜中に横浜に行って、さっきもどって来た」

「なんですと。横浜に。それでもう帰って来られて。それはお疲れでしょう」

やはりこうなる。

「それはどうでもいい。それより、象の持ち主である香具師のところへ、三日前に、家来をつれた姫さまが現われたというのだ。もしかしたら、それは美羽さまだったかもしれねえぜ」

「なんと」

「ううむ。やはり、あの文箱の中は調べたほうがいいかもしれないな」

「そうです。開けてみましょう」

門から母屋のほうへ向かった。

途中の道で、ニワトリが十羽ほど走り回っている。

池が見えていて、そこには家鴨《あひる》が何羽もいる。

草原のようになったところには、牛が二頭に山羊《やぎ》が見えていた。

もちろん、犬だの猫だのもうろうろしている。

昨夜は暗かったので、ほとんど気づかなかった。

「ここは生きものが凄いな」

「そうなんです。おかげでわたしどもは、卵だの牛の乳だのは腹いっぱい飲み食いできます」

「羨《うらや》ましいな」

竜之助がそう言うと、用人はすごく微妙な顔をした。

母屋に入ると、玄関や廊下にも、生きものの足跡がいっぱいついている。これも、昨日は暗かったので気づかなかった。

「まったく、姫さまのおかげで、家の中も外もいっしょですよ」

「いいではないか」

「殿もすこしは叱ってくださるとよいのですが」

「甘いのだな」

「他藩の用人に愚痴を言っても、蜂須賀家らしくていいではないかなどと言われます」

「蜂須賀家らしいとな」

蜂須賀家というのは、『太閤記』や講釈などで藩祖の蜂須賀小六《ころく》が有名である。この小六は野盗の頭領として扱われている。

だが、それはつくり話で、蜂須賀小六はもともと蜂須賀城のあるじで、最初から武将だった。竜之助などは野盗の頭領のほうがずっといいと思うが、蜂須賀家に仕える者はそれでは嫌なのだろう。

「姫さまのおかげで、わたしが誤解を解いてまわったことがすっかり無駄な努力になりました」

用人は情けなさそうに言った。

「さ、どうぞ」

昨日も見ている美羽姫の部屋に入った。

「これですな」

用人が指差した机の上の文箱を取って、竜之助は開けた。

「あれ？」

中身は空っぽだった。

四

竜之助は、奉行所に向かった。

そういえば、辻斬りのことはどうなったのかと思ったのだ。

昨夜だって、あそこに集まっていた同心たちは皆、辻斬りの警戒のため、芝周辺をまわるはずだったのである。

その件こそ本来なら最優先されるべきことなのである。

それがすっかり手つかずというのは、やはりまずいだろう。戸山甲兵衛にはそっちをおもに手伝ってもらいたいくらいである。

腹が減って、残りのパンに齧《かじ》りついた。

やはり、うまい。嚙むほどに味が出る。これもご飯といっしょで、飽きるということはないのではないか。

最後の一口分を口に入れたところで、

「しまった」

竜之助は急に失敗を思い出した。

象の写真があることをお佐紀に伝え忘れた。

絵を描くときの、お佐紀のあまりに素早い手の動きに見とれてしまったのか。

それとも、あんなところでばったり会って、動揺してしまったのか。

お佐紀に頼んでおいたら、フリーマンが撮った写真を持ってきてもらえたかもしれなかったのだ……。

やっぱり、いろんなことが起きて、頭がぼんやりしてしまっている。

三十間堀《さんじゆつけんぼり》に架かった紀伊国橋《きのくにばし》を渡ろうとしたとき、すぐわきの河岸で騒ぎが起きているのに気づいた。

何人かが川の淵で水の中を見ながら喚《わめ》いている。

「そこだ、そこだ」

「あ、もぐった」

などと言っている。

竜之助は河岸に下りて、すぐ近くにいた男に訊いた。

「どうした？」

「誰か飛び込んだみたいです」

今日は川の水が増えている。

竜之助はすばやく着物を脱ぎ、飛び込んだ。

だが、そのあいだに船の上にいた船頭が何人か飛び込んでいて、溺れていた男を竜之助も入れて四人がいっしょになって助け上げた。

幸い気も失っておらず、水を吐かせたりする必要はなかった。

「まったく、なに、やってんだよ」

「なにがあったか知らねえが、無駄に命を捨てるんじゃねえぜ」

船頭たちはそれぞれ親身な言葉をかけ、それぞれの船にもどった。

こういう市井の親切な連中を見ると、竜之助はほっとする。なんのかんの言っても、助けの手を差し伸べる人たちもいっぱいいるのだ。

「どうしたんだい？」

竜之助はぼんやり河岸に座り込んでいる男に訊いた。

「考えごとをしてたら、なんか急に生きていたら申し訳ないような気になっちまいまして」

「考えごと？」

「あっしがつくったフグ鍋で、大勢のお役人が中毒しちまったんです」

「フグ鍋？　お役人？」

この男が、フグの調理人の小吉らしい。

「それで、誰かになにか言われたのかい？」

「ええ、同心さまたちが七人も動けなくなって、奉行所が大混乱になっているというではありませんか。早く詫びに行きたいと言ったのですが、いまはそれどころじゃないと。そう聞いたら、とんだ失敗をしたんだなあと。それで、ぼんやり川の流れを見ていたら、流れに身をまかせたら楽だろうなと思ったんでさあ」

「誰に聞いたんだい？」

「戸山甲兵衛さまとおっしゃる方です」

戸山もけっして小吉を追い詰めようという気持ちで言ったわけではないだろう。多少、頓珍漢《とんちんかん》なことは言ったにせよ。

「そんなこと気にするなよ」

「そういう訳にはいきませんよ。おそらく、奉行所の人たちだってかんかんに怒っているだろうし」

「かんかんに怒ってる？　そんなことはないぜ」

「お侍さんにはおわかりになりませんよ」

小吉は拗ねたような口ぶりで言った。

「おいらだって別にあんたのことを怒っちゃいないぜ」

「え？」

竜之助は脱いでいた着物を着た。

縞の着流しに黒羽織。腰に大小と十手。

もう一目でわかる町奉行所の同心である。

呆然《ぼうぜん》と見ていた小吉が、

「若くて、滅法いい男……もしかして、福川竜之助さま？」

と、訊いた。

「うん。おいらだよ」

「もしかして、福川さまが狙われたのかもしれませんよ」

「そうらしいな。でも、なんでそう思うんだい？」

「だって、福川さまもこれを食うのかと、念押しまでしたんですぜ。そりゃあ、狙ったのは福川さまでしょう」

「その前に、おいらの噂話をしてたそうだな。どんな噂だったんだ？」

「ああ、それは矢崎さまがおっしゃったんですが、福川さまは変な悪事を解決するのが滅法うまい。とんでもない見方から真相に迫るんだと、そんなふうにおっしゃっていたんです。だから、あいつはそういう変な悪事をしでかして、福川さまの眼力に怯《おび》えたのかもしれませんね」

小吉は寒そうに震えながら言った。

そこへ、誰かが報せたらしく、小吉の女房が着物を持って駆けつけてきた。

乾いた着物を着た小吉に竜之助は訊いた。

「変な悪事というのに、思い当たることはあるかい？」

「それで、あっしも考えてみました。もしかしたら、あれかもしれません」

「なんだい？」

「この木挽町の町内で話題になったんですが、三日ほど前に火消しの連中が梯子《はしご》乗りの稽古をしていたとき、刺されて死んだやつがいるんです。それも、梯子のてっぺんにいるときですよ。元気に動いていたのが、急に『うわぁ』と声を上げて落ちてきたんです」

「ほう」

「見ると、胸に短刀が刺さっていました。でも、どう考えても、他人に刺されるわけがない。悩んでいるようなこともあったので、自分で刺したのだろうということで処理されてしまいました」

「そりゃあ変だな」

初めて聞いた話である。

怪しいが、殺しを疑わなかったのも無理はないかもしれない。

「でも、ほかには誰も梯子に乗っていなかったのですから、あれはやっぱりてめえで刺したんですよ」

小吉はそう言ったが、竜之助は首を横に振り、

「もし、おいらがそれに首を突っ込むのをその野郎が恐れたんだとしたら、それはまぎれもなく殺しだってことじゃねえか」

五

木挽町のあたりを担当するのは、いろは四十八組のうち〈す組〉である。

竜之助は小吉と別れて、すぐに近所の棟梁《とうりよう》の家を訪ねた。

ここの棟梁はめずらしく鳶《とび》ではなく、煙草問屋のあるじである。だが、昔は暴れん坊でならしたという顔をしている。

「ああ、やっぱりお耳に入りましたかい。じつは、あっしらもあれでよかったのかなあと、しょっちゅう考えるんですよ。もっと調べるべきだったなあってね」

と、棟梁は正直に言った。

「ま、それはもう言ってもしょうがない。ただ、殺しだったとしたら、下手人はあげなくちゃならねえだろう」

「殺し？」

棟梁は目を瞠った。そこまでは考えていなかったらしい。

「とにかく詳しく聞かせてもらいたいんだ」

「わかりました。死んだ火消しは辰之助《たつのすけ》という男でしてね。その日は、梯子乗りの新しい技の稽古をしていたのです。正月に披露する技もいまからやっておかないと間に合わないんでね。それで、辰之助が梯子のてっぺんまでのぼっていたんですが、急に悲鳴が聞こえたんです」

「聞こえたのは悲鳴だけだったかい？」

「あ、そういえば」

「なにか？」

「その、すこし前でしたが、上にあがったとき、なんだ、あれは？　とか言いました」

「なんだ、あれは？」

「ええ。でも、下であっしが早くやれと言ったので、稽古をはじめました。それで三つ、四つの型を稽古したあと、新しい技を試したのです。これはかなり危ねえ技でしてね。ほとんど足先だけで身体を支えるんです。こんなふうにね」

と、棟梁は畳に横になって、その技を見せてくれた。

「そのとき、急に、きゃあ、って悲鳴をあげ、いきなり上から落ちたんです」

「いきなりねえ」

「それで、すぐに駆け寄ってみると、辰之助の胸には短刀が刺さっていて、すでに死んでいたんです」

「ふうむ」

なるほど奇怪な話である。

そこへ、お茶を運んできた棟梁の娘が、ずっと話を聞いていたらしく、

「でも、おとっつぁん、あの悲鳴は変だったよ」

と、口を出した。

どうやら、この娘もその現場にいたらしい。

「なにが変だったんだい？」

と、竜之助が訊いた。

「なんか、あたしたちが怖いものを見たときにあげる悲鳴みたいだったんですよ」

「そりゃあ、面白いねえ。それと、上がったときに言った、あれはなんだ？　という台詞《せりふ》は関係あるのかな」

「うーん、どうでしょう」

娘は首をかしげた。

またもや奇妙なことが現われ、竜之助の頭はかなり混乱してきた。

「ちっと考えさせてください。また、うかがわせてもらいますが」

竜之助はそう言って、いったん棟梁の家を出た。

また腹が減ってきたが、パンはもうない。

しかも、さっき川に飛び込んだとき、ふんどしが濡れてしまい、それも気持ち悪くて仕方がない。

役宅にもどって着替えることにした。

ついでに、やよいにかんたんな昼飯をつくってもらおうと思った。ぶっかけ飯でもなんでもいい。おにぎりでもいい。なにか口に入れたい。

ところが――。

やよいは出かけていて、役宅は寂しささえ感じるくらいひっそりと静まり返っていた。

六

この日――。

やよいは一人だけの朝ごはんを手早くすませると、八丁堀の南にある鉄砲洲稲荷のあたりにやって来ていた。ここから蜂須賀家の下屋敷はすぐそこである。

美羽姫の行方を捜すつもりである。

手がかりはなくはない。

昨夜、美羽姫の文箱から文を頂戴してきた。その内容である。

「このところ、忙しかったけど、ようやくこっちに来ています。遊びに来てちょうだい。お土産なんかいらないわ。鳥寄せの新しい笛をつくったの。来るわ、来るわ。どんどん集まって来るわよ。早くあなたに見せてあげたい。桜子」

これだけだが、しかし、大事なことが書かれてある。

「ようやくこっちに来ています。遊びに来てちょうだい」

これを書いたのは、美羽姫と対等に口をきける人。すなわち大名家の姫さまである。

その姫さまが、「ようやくこっち」と書くなら、それはいままでいたところより気が休まる場所なのではないか。
考えられるのは、上屋敷ではなく、中屋敷とか下屋敷、あるいは別荘みたいに使っている抱え屋敷のようなものではないか。
また、「遊びに来てちょうだい」と、かんたんに誘っている。
すなわち、かんたんに遊びに行ける距離、つまり、蜂須賀家の下屋敷からもすぐ近くにあるのではないか。
蜂須賀家の周囲にも諸藩の上屋敷はいくつもある。
近江膳所藩
信濃須坂藩
摂津尼崎藩
伊予吉田藩
などといったところである。だが、ここらは除外していいということだろう。
あとは、近所の中屋敷、下屋敷となると、
越前福井藩中屋敷
近江彦根藩蔵屋敷
下総佐倉藩中屋敷

備中松山藩中屋敷
土佐高知藩下屋敷
豊前中津藩中屋敷
このあたりは、歩いてもすぐのところなのだ。

——おそらく、このうちのどれか。

中屋敷や下屋敷は警護が甘いので、一つずつ潜入して確かめるという手もなくはない。

だが、やはり万が一ということがある。どこにどんな腕の立つ藩士や忍びの者がいるかわからないのだ。

ましてや、いまは昼日なかである。黒装束で潜入しても、逆に目立ってしまう。

それよりは、もう一つの手がかりを頼ったほうがいい。それは、

「鳥寄せの新しい笛をつくったの。来るわ、来るわ。どんどん集まって来るわよ。早くあなたに見せてあげたい」

この一文である。

この姫さまは、自分でつくった鳥寄せ笛を吹き、庭に鳥をいっぱい集めて楽し

んでいるのだ。

だったら、これらの屋敷を一つずつ回り、庭に鳥がたくさん集まったりしているかどうかを、この目と耳で確かめればいい、そう思ったのである。

それで屋敷の外からだが、朝から順番にずっと鳥の集まり具合を見てまわっていた。

越前福井藩中屋敷、近江彦根藩蔵屋敷、下総佐倉藩中屋敷、備中松山藩中屋敷と、ここまではとくに鳥が多いというようなようすはなかった。

築地川沿いの土佐高知藩の下屋敷まで来た。すると、やたらと小鳥の鳴き声が大きくなった気がした。

塀に沿ってゆっくり歩いた。

頭上にはみ出ている樹木の梢《こずえ》にも小鳥の影が多い気がする。

裏手のほうに来ると、お隣りの旗本屋敷から下働きの爺さんらしき人が出て来たところだった。

「ねえ、お爺さん。こちらのお屋敷って鳥が多くないですか?」

のんびりした口調で話しかけた。

「ああ、そうだな。よく鳥の鳴き声が聞こえているわな」

「餌でもまいてるんですかね？」

「それはどうかな。でも、この屋敷は最近、おかしな声がするんだ」

「おかしな声？　どんな声ですか？」

やよいはさりげなく訊いた。

「ぷぉーっという、いままで聞いたことのない音だよ」

「ぷぉーっ？」

そんな音は聞いたことがない。

「なんというのかなあ。大きな尺八が詰まったような、おかしな音なんだよ。あ、ほれ、いまも聞こえた」

と、爺さんは屋敷の中を指差した。

「あ」

たしかに奇妙な声が聞こえていた。

七

竜之助は南町奉行所にやって来た。もうすこし早く来たかったが、予想外の飛び込み騒ぎに出くわしたりした。

だが、あれがあったから、フグ鍋の事件に目処《めど》がついて——いや、もうひとつ、あらたな悪事を引っ張り出してしまった。

——一人くらい、もう動けるようになっていてもよさそうだがなあ。

そんなことを思いながら、訴えを受け付けるところのわきを通りすぎようとしたとき、

「馬鹿野郎」

と、奉行所の中間が町人を怒鳴りつける声が耳に入った。

竜之助は思わず足を止めた。

奉行所の前には訴状を持った人たちがいっぱい並んでいる。それを中間がざっとどのようなことか聞いている。

急がなければならないことと、後回しにしてもよさそうなことを振り分けているのだ。それは賢明な判断だろう。

だが、町人を怒鳴りつけたりするのはまずい。

「この忙しいときに、糞《ふん》の話など持ち込むな」

「でも、気になって」

「お前、このあいだもくだらねえ話を持ち込んできただろうよ」

「くだらないかどうかはわからないでしょうよ」

「わかるよ」

そこへ、竜之助が声をかけた。

「どうしたのかい？」

「いえね、こいつが山のような糞が落ちてたので、奉行所で調べてくれって言うんです。糞ぐらいてめえで調べろと怒っていたんですよ」

と、こづかれそうになった男は二十代半ば、竜之助と同じくらいの歳ではないか。

気弱そうな表情だが、中間に脅されてもさほどめげたようすはない。

「ほう。馬糞などとは違うのかい？」

竜之助はその男に訊いた。

「馬糞とはまったく違います」

男は首を横に振った。

「どこで？」

「築地川の相引橋《あいびきばし》からちょっと行ったあたりです」

そこなら昨夜からいろいろ起きているあたりに近い。

それに、山のような糞というのはなにか気になる。

「あとで行ってみるから、そのままにしておいてくれ」

「わかりました」

男はそう言って、ほっとしたような顔で引き返して行った。

「旦那。あいつはあまり相手にしないほうがいいですよ」

見送った中間が言った。

「どうして？」

「あの手の男は、どうでもいいことが気になって仕方がないんですよ。よくいるんです、ああいう手合いは。若いくせに必死で働くでもないし、つまらねえところに目をつけて歩いているんです。ああいうのを相手にしていたら、奉行所に同心が何百人いても足りませんよ」

そうかもしれない。

だが、そんな男が大事な兆候に気づいたりするかもしれない。

奉行所の中に入ると、文治が来ていた。しかも驚いたことに、たいそうきれいな芸者がいっしょである。

「え？」

竜之助は目を瞠った。

「福川さま。例の芸者を見つけたんです。それで話を訊こうとしたら、担当は誰だと言うんです。福川さまとおっしゃる方だと言ったら、定町廻りの福川竜之助さまか、だったら直接、お話しするから奉行所に連れて行けと聞かねえんでさあ」

文治が話すわきから、

「ああ、福川さま、嬉しい」

と、竜之助のたもとを胸に当てた。

「え？　どうして、おいらを？」

「だって、日本橋界隈《かいわい》の芸者衆は皆、福川さまにぞっこんですもの」

「えへん」

と、文治が咳払いをした。

幸い、同心部屋にはいま、誰もいない。いつもだったら、野次が飛び交い、先輩同心に頭を張り倒されていただろう。

「冗談はやめてくれよ」

「あら、冗談なんかじゃありませんよ。福川さまが町を歩くと、道端の娘たちがざわつくの、感じたことありません？」

「ううむ」

なくはないが、しかし、それは町方同心の急ぐのを見て、なにかあったのかというざわつきなのではないか。

「そんなことより、夜鳴きそば屋の大川屋が殺されたことで訊きたいんだがね」

「なんでも訊いてくださいな」

芸者がそう言うと、文治はうんざりした顔でそっぽを向いた。

「おいらたちは同じ夜鳴きそば屋の沼井屋に目星をつけているんですよ」

「ああ、沼井屋ね」

芸者はちょっと眉をひそめた。

「なんかあったんだろ？」

すかさず竜之助は訊いた。

「うん。ちょっと、変なことを訊かれたから」

「どんなことを？」

「ここんとこ、沼井屋さんのおそばをあまり食べてなくて、大川屋さんのほうにしたんですよ。それで、なんで、大川屋にしたんだって」

「なんて答えたんです？」

「大川屋さんが、言ったことをそのまま伝えたんですよ。うちのどんぶりは洗ってますぜって」

「うちのどんぶりは洗ってますって……それは、沼井屋は洗ってないってことになりますね」

「ええ。はっきりは言わなかったけど、そういうことよね。だから、あたし、沼井屋よりちょっと早く来る大川屋のほうにしたの。沼井屋よりおいしくないけど、こぎれいでしょ。急いでいるときにちょっとだけ食べるものだしね」

味のせいではない。きれいか汚ないかだった。それと見た目だった。大川屋は店のたたずまいがきれいだった。

沼井屋は見た目が悪い。たしかに、どんぶりなんかすこし欠けて、汚れの染みついたようなやつも平気で使っていた。

「そのことを沼井屋に言ったんですね」

「だって、なんで替えたって、怖い顔で訊かれたから」

「わかりました。ご協力、ありがとうございました」

竜之助は頭を下げた。

「いいえ。福川さま。日本橋あたりで遊ぶときはぜひお声をかけてくださいね。京音《きょうね》って言うんです。京都の京に音って書くんですよ」

芸者の京音はこぼれるような笑顔を竜之助に向け、帰って行った。

「これで決まりだな」

「じゃあ、あれはやっぱり？」

「沼井屋のしわざだよ。どんぶりをきれいにしようなんてことは考えず、ひたすら告げ口されたのが悔しかったんだな。ただ、沼井屋がやったとしたら、おかしなことがある」

「なんです？」

「象に踏みつぶされたとき、刀を持っていなかっただろ」

「たしかに」

「あのあたりに捨てたのだ」

竜之助は外を見た。

まだ陽はある。

「海の底を浚《さら》おう」

「わかりました。じゃあ、一足先に行って、舟や人足の手配をしてきますよ」

文治はすぐに飛び出して行った。

八

顔を出した高田九右衛門にそば屋殺しの調べの進み具合を伝えていたりして、奉行所を出るのがすこし遅くなった。次に竜之助は、さっき奉行所で約束したことを果たすため、築地川に囲まれた一画にやって来た。

ここらは深川と似て、縦横に運河が走る一画である。築地川も自然にできた川ではない。

ただ、深川の運河が走るあたりの多くは町人地だが、こっちはほとんどが武家地になっている。日本橋の大通りからもそう遠くはないのに、この一画に入ると、町人地とは雰囲気が一変する。

武家地――それも大きな大名屋敷が並ぶあたりには、独特の風情がある。

下半分は瓦を埋め込んだなまこ塀。上半分は窓以外は白く塗られた壁。黒い板壁が多い町人地とはまるで違う色合いである。

この壁がずうっとつづいている。屋敷の門構えに格式の違いはあるが、あとは同じような光景である。

だが、退屈な光景というわけではない。ある種、音曲にも似た一定の調子を生み、それは目にも心地よい。

また、ここは静かである。日本橋の大通りのざわめきから、すこし入っただけで、この静けさである。

町人たちの往来もない。別段、通行を禁じられているわけではないのだが、やはり居心地の悪さを感じるのだろう。物売りの声も、女たちの嬌声《きょうせい》も、ほとんど聞こえなかった。

ここもまた、明石橋界隈と同様に、江戸の面白さだろう。

一本、道を入っただけで、まるでだまされたように別の世界が出現する。

竜之助はこの変わった雰囲気を楽しむように、ゆっくりと歩いた。

さっきの男が申し訳なさそうに、立って待っていた。

「よう、ずっと待っていたのかい？」

と、竜之助は声をかけた。

「ええ。どうせ、暇ですからね」

身なりはいい。おそらく大店《おおだな》の次男坊、三男坊といったところではないか。

「これです、これ」

と、道端を指差した。たしかにもっこりと盛り上がったそれは、巨大な糞のように見えた。

もし、これが糞だとしたら、こんな糞をする大きな生きものを、竜之助は一つしか知らない。クジラがここまで用を足しに来なければだが。

「ははあ」

「変でしょう？」

「そうだな」

「こんなことまで報せるなと怒られましたが、ことわざを思い出しましてね」

「どんな？」

「あぶないものは、きたないものに隠せ」

「そんな格言があったっけ？」

聞いたことはないが、なるほどと思えなくもない。

「怪しいものは森の中に隠せかな？」

「それだとこれには当てはまらないぜ」

「ま、どっちにせよ、これにはなにか怪しいものが隠されているかもしれないでしょう？」

「そうかね」

竜之助は、もしかしたらこれは象の糞かもしれないと思っている。

だが、それをうかつにこのような人物に言えば、そこらじゅうに触れまわり、騒ぎを招きかねない。

「江戸ってところは怖いところですよね」

男はぽつりと言った。

「あんた、どこか田舎から来たのかい？」

「いえ。そうじゃねえです。江戸で生まれて育ったのですが、このところとくに思うんです。なんか、得体の知れないものがそこらじゅうにある感じ。たくさんの人間がいて、心の中で皆、他人には理解できないようなことを考えたりやったりして、その抜けがらというか、滓《かす》というか、そういうものが落ちているんです。ううん、うまく言えねえんですがね」

男はじれったそうにした。

「すこしはわかる気がするよ」

それはもしかしたら、江戸という町であまりにも大勢の人が生きているせいかもしれない。あるいは、人々がどこかで大きく変わろうとしている世の中に不安を覚えているせいかもしれない。

人はおそらく、見た目ほどに穏やかな気持ちでいるわけではない。

「馬糞にしてはぜったいに大きすぎるでしょう」

「そうだな」

「ちょっと突っついてもらえませんかい？」

「あんた、やってみなかったの？」

「ええ、怖くてできなかったです」

仕方がない。町人が怖くてできないでいるのをしてあげるのも、同心の仕事である。

「そこらの棒っ切れを取ってくれないか」

「はい」

それを刺してみた。

とくに中に何か隠してあるとも思えない。

「臭いを嗅いでみたらどうですか？」

「あんた、それもやってないのかい？」

「怖くて」

「しょうがねえ人だなあ」

竜之助も気は進まなかったが、ゆっくり鼻を近づけてみた。

「そんなに臭《にお》わないぜ」

「そうですか」

安心したように男も鼻を近づけた。

「あ、やっぱりすこし臭《くさ》いですよ」

「うん。すこし酸っぱい臭いもするな」

男二人が得体の知れないものの臭いを嗅いでいると、

「なに、なさってるんですか？」

後ろから声をかけられた。

変なところを見られたものだから慌てて振り返ると、見たことがあるやけに色っぽい女が目を見開いている。

「なんだ、やよいじゃないか」

「竜之助さま。いったい、なにを？」

「いや、変なものがあるというので」

「でも、そんなことをしている竜之助さまも変ですよ」

「そうか。ところで、お前もこんなところでなにをしているんだ？」

「あ、わたしは鳥のことを調べていて」

「鳥のこと？」

「でも、もう、いいんです。今晩は早めにもどられます？」

「いや、無理じゃねえかな」

まだまだやることは山ほどある。

「夕飯は？」

「力のつくものが食いたいが、とてもそんな暇はなさそうだし」

「では、考えておきます」

そう言って、やよいは立ち去った。

その後ろ姿を見送りながら、竜之助は首をかしげた。このあたりは大名屋敷ばかりで、やよいの用がありそうなところではない。

——鳥のことを調べる？

やよいもわからないところのある女だった。

明石町の番屋に行くと、文治はまだ来ていなかった。

そのかわり、横浜で会った瓦版屋のお佐紀がいた。

「福川さま」

「よう。お佐紀ちゃん。そういえば、あのパンはありがたかったぜ」

昼飯を食べる暇もなかったが、パンのおかげでどうにか動いていられたようなものである。

「そんなことより、象ですが」

「うん。人相書きができたかい？」

「それどころか、すごいものを手に入れました」

「なんだい」

お佐紀は風呂敷包みから取り出したものを広げた。

「これは」

お佐紀が象の写真を持って来た。

「フリーマンていう人から買ったのかい？」

「そうです。香具師の女房から聞いたんでしょ。言ってました。ようすのいい江戸の同心さまが、先に買っちゃったかもしれないよって」

「おいら、あとで思い出したんだよ。お佐紀ちゃんに頼めばよかったって。でも、よかったよ、入手してくれて」

「よく写ってるでしょ？」

「ああ、凄い生きものだなあ」

しみじみと見た。

「人相書きとはずいぶん違うでしょ？」

「やっぱり大きいなあ」

象のわきに人が寄り添っている。その大きさと比べても、まさに家のように大きい。

象は、草の山から鼻でその束をつかんでいる。

「ご飯を食べてるところだって」

「草を食べるんだな？」

「そう。魚とか獣の肉はまったく食べず、草だけをたくさん食べるんだって。だから、すごい量の糞をするけど、でも、あんまり臭くないんだそうです」

「そうなのか」

ということは、あの糞はやはり象のものか？

あそこは築地明石橋にも近い。象がいなくなったという方角にも一致する。

いよいよ象を縛ることができる太い荒縄を、調達しなければならないかもしれなかった。

第四章　おにぎり

一

福川こと徳川竜之助は、集められた四人の人足たちに、

「冷たいだろうが、殺しの調べのためだ。頼んだぞ」

と、声をかけた。

「へい、わかりました」

人足たちも殺しの調べと聞いて発奮したらしく、気合を入れるように手ぬぐいで身体をごしごしこすり出した。ふだんは河岸の工事などで働く連中らしい。彫り物だらけの恐ろしげな身体をしているが、顔を見るとけっこう気がよさそうだったりする。

　このあたりは、海水と真水が押したり引いたりしている。どっちの水であろうと、真冬ほどではないが、かなり冷たいはずである。

　番太郎に頼んで、焚き火をしてもらっている。

　陽のあるうちでないと探せなくなる。効率よく探さなければならない。

　さっそく飛び込もうとする人足たちを、

「待ってくれ」

　と、呼びとめ、

「刀というのは、力まかせに投げてもそう遠くにはいかないはずだ。この刀を海に向かって投げてくれないか」

　竜之助は刀を抜いて、顔なじみになった番太郎に柄《つか》のところを握らせた。

「よろしいのですか？」

　番太郎は不安げに訊いた。

「なにがだい？」

「刀は武士の魂だとおっしゃるお武家さまもいらっしゃいますよ。それを海に投げ入れるなんて」

「刀は刀だろ」

「刀は刀……」

「刀を大事にして、人足を溺れさせたら、本末転倒だろうが。いいよ、投げてみてくれ」

「わかりました」

「あんただったら、どっちに向かって投げる？」

「できるだけ遠くに投げたいですから、海に向かって真横に投げますよ」

「そうだよな。それでやってくれ」

「じゃあ、遠慮なく」

番太郎は投げた。重いうえに、くるくる回ってしまい、せいぜい十数間くらいしか飛ばなかった。

「いま、落ちたあたりを捜してみてくれ」

竜之助も舟でその近くまで寄った。

竹竿を入れてみると、深さは一間半くらい。船頭に訊くと、上げ潮のときはもっと深くなるということだった。

それほど経たないうちに、若い人足が刀を二本持って浮かんできた。

「ありました」

一本は、いま投げ入れたばかりの竜之助の刀で、もう一本も藻など付着していない新しいものである。

「よくやった」

自分の刀を受け取り、すぐにぬぐいをくれて鞘におさめる。この刀には葵の隠し紋がある。見られるとやはりまずい。

「これでそば屋殺しは解決だ」

と、竜之助は言った。

夜鳴きそば屋の沼井屋は、岡惚れしていた芸者が自分のところのそばを食べなくなったわけを直接、訊ねた。すると、同業の大川屋が自分の商いをけなしていたのがわかった。

怒った沼井屋は、辻斬りが横行しているのにかこつけて、大川屋を殴り、さらにこの刀で斬りつけていたのである。

芸者の証言もあり、凶器も出た。下手人の沼井屋を捕縛することはできなかったが、まず間違いない。

「象に踏みつぶされたのが残念でしたね」

と、文治は言った。

「それなんだがな、文治。なぜ、あれが象のしわざになったかなんだ」

「なぜ、ということは、象のしわざではないかもしれないので？」

「それは単に、現場で目撃していた弥七という者がそう言ったからなんだ。ほかに、象のしわざだとする理由はなにも発見されていねえんだぜ」

「たしかにそうですね」

「しかも、弥七の言ったことは変だったんだ」

「変といいますと？」

「がおぉって鳴いたと言ってたが、横浜でずっと象といっしょにいた香具師《やし》の女房は、そんなふうには鳴かなかったって言ってたんだ。象は、ぽぉーおと鳴くんだってよ」

「ぽぉーおですか。詰まった尺八みたいな音ですね」

「文治。神田岩井町の金兵衛長屋に行って、弥七てえ男を奉行所まで連れてきてくれ」

竜之助は名前も住まいも覚えていた。

ということは、あのときもなにか変な感じがしたのかもしれない。

「わかりました」

文治は小走りに去って行った。

二

「弥七の見た象はがおぉっと鳴き……」

竜之助はそうつぶやいたら、次に、

「火消しの辰之助はきゃあーっと叫んだんだっけ」

と、口にした。

妙な連想が働いたらしい。

こういうことはよくある。

「きゃあーっだって？」

男の悲鳴にしては変である。よほど怖いものを見たのか。

——梯子《はしご》のうえで？

それは手がかりになりそうな気がしてきた。

竜之助は、木挽町の〈す組〉の棟梁の家に向かった。

歩いている途中、腹が鳴った。

空腹である。竜之助は歩きながらパンを食べたが、もうすっかり腹の中では消えてしまったはずだ。ビフテキなどと贅沢は言わない。あんなものは年に一度、食べられたらいい。おにぎりでもいいから食べたいところだが、とにかく次から次へと面倒なことが起きてしまう。

「おう、ごめんよ。また、ちっと訊きてえことができちまったぜ」

そう言って、棟梁の家に入った。

「おや、同心さま。なんでしょうか？」

「死んだ辰之助のことなんだが、苦手なものはなかったかい？」

「苦手なもの？　あいつは器用でしたから、梯子乗りだけでなく、屋根を歩くのも、纏《まとい》を振るのも、どれもうまかったですぜ」

「いや、そういうんじゃなく嫌いなものだよ」

「嫌いなもの？　なんでもばくばく食ってましたがね」

「食いものとは限らねえ。あるだろ、みんな」

「あ」

「あったかい？」

「いい女が苦手だとは言ってましたね。やたらと緊張してしまうからだそうです」

「ううむ。いい女は梯子の上にはいないしなあ」

「ほかにあったかねえ……」

棟梁は首をひねり、台所にいた娘を呼んだ。

「おい、おきよ。辰之助に苦手なものなんかあったっけ？」

「ありましたよ」

と、娘はうなずいた。

「なに？」

竜之助が訊いた。

「なめくじ」

「なめくじねえ」

大の男が怖がるほどのものでもなさそうだが、そういうものではないだろう。

「子どものころ、なめくじ長屋と言われていたくらい、なめくじがいっぱい涌《わ》いていた家で、あれを見るとつらいこと、嫌なことがどっとよみがえるんですって。とにかく怖くて仕方なかったみたいよ」

「なるほどな」

子どものときの恐怖というのは、意外なほど後々まで引きずったりするのだ。

竜之助もあまり他人には言ったことがないけれど、じつはぷつぷつしたものが苦手である。「ぷつぷつ」と、口にしただけでも鳥肌が立つ。

それは、子どものときに数の子をじいっと見ているうち、あの小さなぷつぷつが延々と広がっている光景を想像して、急に怖くなったのがきっかけだった。以来、虫の卵などでも、小さなぷつぷつが並んでいて、苦手になった。

では、数の子は食べないかというと、それはふつうに食べる。ただ、あまり見ないようにしているだけなのである。

「うん、うん、わかるよ」

竜之助は二、三度うなずき、

「ちっと梯子に上らせてもらえませんか?」

と、棟梁に訊いた。

「かまわねえけど、大丈夫ですかい? いざ、上がると高いですぜ」

「たぶん」

駄目だったら、途中で下りればいい。

竜之助が外に出ると、棟梁の娘もついて来た。

娘の心配そうな顔をよそに、竜之助は稽古用に立てられていた梯子に手をかけ、ゆっくりと上りはじめた。

　本当に高い。しかも、かなり揺れる。

高さはほぼ三階建てくらいか。だが、細い棒につかまっているような感じで、恐ろしさもある。

　てっぺんまで来た。あたりが空だらけになった気がする。

「ここでぶら下がるようにしたんだろ？」

　上から訊いた。

「そうです。ばたんと倒れるようにして、つま先のあたりに引っかけるようにしてぶら下がるんです。あ、ほんとにやっちゃ駄目ですよぉ」

　下からはらはらしたような声が聞こえてくる。

　だが、こういうことはやってみないとわからない。

　ばたんとはいかないが、そろりそろりと頭を下にしてぶら下がった。

　頭は上から五、六段あたりのところにある。身体を捩《ねじ》って、梯子そのものをじっと見た。段のところが新しく削ったようにへこんでいて、そこには白っぽい筋がいくつも見えている。

　――これはなめくじの這《は》ったあとではないか。

へこんでいるところにいたら、辰之助ものぼってくるときは気づかなかったろう。

だが、ぶら下がったとき、首の後ろあたりに、ぬめぬめするような嫌な感触があったはずである。

いったい、なにかとそれを手でつかんでみた……。

一匹や二匹ではない。

きっとうじゃうじゃいたのだ。

「うわっ」

想像したら、ふだんなめくじなど怖いと思ったことがない竜之助も、ぞっとして声が出てしまった。

「どうかしましたか?」

下から心配そうな娘の声がした。

急いで体勢を元にもどし、

「なんでもねえ。それより、わかったぜ」

と、下に声をかけた。

「凄《すご》い」

娘が手をぱちぱち言わせた。

「それと、娘さんよ。辰之助が、落ちる前にあれはなんだと言ったとき、どっちを向いていたか覚えてるかい？」

「あっちです、あっち」

と、東南のほうを指差した。

「こっちか」

すぐそこは大名屋敷である。五、六千坪ほどはあろうか。冬だというのに、かなり緑陰は濃い。

「そこは誰の屋敷だったかね？」

「下総佐倉の堀田さまの中屋敷です」

「とくにおかしなものは見えねえなあ」

「もっと遠くを見ていたかもしれません」

「もっと遠くねえ」

築地川を挟んでもう一つ、大名屋敷が見えている。手前の屋敷より落葉樹が多いらしく、庭全体が紅葉し、地面の見えている範囲は広い。

鳥が群れている。

「その向こうに見えているのはどこの屋敷だい？」

「あっちはたしか、土佐の山内家の下屋敷です」

「辰之助は、目はよかったかい？」

「そりゃあ火消しですのでね、近眼は困ります」

と、これは棟梁が答えた。

ここからだとほぼ二町。

象の糞らしきものがあったのは、あのわきだった。

あの庭になにか妙なものを見たのかもしれない。

それにしてもいい景色である。大名屋敷が多く、樹木にあふれていて、山に来たようでもある。さらに掘割の流れも光っている。しかも、その向こうに海。

お城のなかにいるときはあまり思わなかったが、町を歩いたり、こうして見渡したりすると、江戸というのは水の都だというのを実感する。

ついうとうととした。

空腹と疲労。そろそろ限界に近づいている気がする。

「同心さま」

下で棟梁が呼んだ。

「ん？」

「大丈夫ですかい。ふらふらしているみたいですが」

「おっと……」

あやうく寝てしまうところだった。

下りようとしたとき、ふと、築地川のところに人が集まって騒いでいるのが見えた。さっきはいなかったので、いま、騒ぎがはじまったのだろう。

向きは違うが、あれも土佐藩山内家のわきである。川の淵が並木になっているが、その木の陰あたりになにかあったらしい。

じっさい、声までは聞こえてこないが、大騒ぎしているのが感じ取れるくらい、人々が動揺しているのが伝わってくる。

——何だろう？

あの騒ぎっぷりはただごとではない。

急いで下に下りた。

「そうそう、これは訊いておかねえと……。辰之助が下に落ちたよな。そのとき、いちばん最初に駆け寄ったのは誰だった？」

「ええと、馬五郎《うまごろう》という男でしたね」

「辰之助とは仲がいいかい？」

「あ、悪かったですね。一番纏を争っては、しょっちゅう屋根の上でいがみ合ってました」

「かんたんな人相を教えてくれよ」

「細面で、額が広いのが特徴です」

矢崎はほとんど顔を見ておらず、三十ちょっとくらいの男と言っていた。

「馬五郎はいくつだい？」

「三十二でしたか」

それなら歳のころは一致する。

「わかった。夜でかまわねえんだが、そいつを呼んでおいてくれねえかい？」

「承知しました」

「じゃ、また、立ち寄るよ」

竜之助はそう言って、さっきの騒ぎのほうへ駆け出した。

腹がぐうぐう鳴っている。

三

——土佐藩邸のわきに駆けつける前に、いま聞いたばかりの話を確かめよう。

と、竜之助は思った。

ふぐ料理の小吉の店は、同じ木挽町の、すぐそのあたりなのだ。

昨夜、矢崎三五郎がフグ鍋を頼んだとき、店にいた男の人相が一致すれば、その馬五郎は火消しの辰之助を殺しただけでなく、毒入り鍋の下手人と見て間違いないだろう。

あの鍋では幸い死んだ人はでなかったが、下手したら八丁堀の同心が六、七名ほど殺されるという前代未聞の殺しになったかもしれないのだ。

これは最優先で動いてもいいほどの事件である。

——そのついでに、なにか食べものをもらおう。

とも、思った。

料理屋で食べものがなにもないというのはあり得ない。フグは食べたくないが、それ以外ならエビの尻尾でもいいから食べたい。

店に近づいたとき、向こうからその小吉がやって来て、

「あ、先ほどの旦那」

と、ぶつかりそうになった。

「よう。気持ちの切り替えはできたかい？」

竜之助は訊いた。小吉に悪いところはない。むしろ、矢崎が面倒な注文を出したりしたのがいけなかったのだ。早く立ち直って、商売をつづけてもらいたい。

「はい。おかげさまで。今日も店を開けようと思い直しました」

「そいつはよかった。じつは訊きたいことがあって、いまからあんたの店に行くところだったんだ」

「そうでしたか。ちょうどよかったです。いまから買いものに行くところでしたから」

「こんなときに仕入れかい？」

「ええ。縁起が悪いので、鍋をすべて新しくしようと、そこの瀬戸物屋に」

「そりゃあいいや」

「それで、お訊きしたいことというのは？」

「昨夜の客の人相なんだが、細面で額が広くなかったかい？」

さかやきを剃っているので、額の広さはわかりにくそうだが、眉の位置が下にある感じなのだろう。

「細面で額が広い……あ、まさにそのとおりでした」

「やっぱり」

「ほかには？」

「いや、それだけ聞けばよかった。じゃあな」

踵を返し、次に急がなければならない。

「旦那。一段落したら、ぜひ店にいらっしゃってください。たっぷりごちそうさせてもらいますので」

ごちそうはいい。

いま、エビの尻尾でも、ネギの先っぽでもいいから食べさせて欲しかった。


人だかりがあったのは、土佐藩邸の横のところである。象の糞らしきものがあったのは正面のほうだった。

相引橋を渡り、横のほうに駆けた。

桜並木の下につつじの植え込みがあり、その陰になにかあったらしい。

十人ほどが植え込みの手前に並んでいる。

「どいてくれ。どうしたんだ？」

竜之助は人混みをかきわけた。

「町方の旦那が来たぜ」

「ぺしゃんこの死体ですよ、旦那」

見覚えのある番太郎が言った。

そこに横たわっていたのは、たしかに死体だった。しかも、なるほど胸のあたりがぺしゃんこになっていた。

武士である。

が、さかやきの伸びた総髪で、袴も裾がすり切れている。おそらく浪人者だろう。

とすると、ここらで身元を訊ねても、たぶんわからない。

ここらは浪人者がうろうろするようなところではないはずなのだ。

「象のしわざだよ」

野次馬の誰かが言った。

「象だって？　どうして象って言えるんだい？」

竜之助はそう言った男に訊いた。

「どうしてって、誰かがそう言っていたんですよ」

「誰か？」

「さっき、そこにいた男が……いませんね」

いなくなってしまったらしい。

竜之助は周囲を見回した。

上に桜の枝が伸びている。だいぶ枯れて落ちたが、まだ、黄色い葉もだいぶ残っている。象なら、あそこらの枝が邪魔になって入って来れないのではないか。もし、無理に押し入って来たとしても、枝が折れて落ちていたりするはずである。だが、そんなようすもない。

――象のしわざではない……。

遺体を仰向けにした。

「うわぁ」

野次馬たちが息を呑んで遠ざかった。

――踏まれて死んだのでもない。

腹を斬られていた。胃の腑あたりを深々と。かなりの腕である。このところ出没していた辻斬りのしわざかもしれない。

斬られて死んでいたのを、上から踏んだのだ。

ということは、辻斬りが象のしわざだと見せかけているのか。

血の乾き具合を見た。かなり乾いている。

斬られたのは昨夜、明石町で沼井屋がつぶされて死んだのと同じくらいの時刻かもしれない。

「まったくどうなってるんだ？」

竜之助は頭を抱えた。

「福川さま」

女の声が呼んだ。

振り向くとお佐紀がいた。

いくら瓦版屋でも、こんな光景は見せたくない。竜之助は、身体でお佐紀の視界をふさぐように、そちらへ進んだ。

「どうした、お佐紀ちゃん？」

「向こうの番屋にいたら、誰かが象に踏まれて死んでいるって言いに来たもので。本当なんですか？」

「いや、違うよ」

「そうですよね。象ってすごく穏やかな生きものだって、じっさい見た人は皆、そう言いますよ。なんか、こんなふうに残虐な生きものみたいに思われたらかわいそうよ」

「でも、逆にそう思わせたいやつがいるのかもしれねえよ」

竜之助はそう言った。

すこし見えてきた気がする。この騒ぎの裏にあるものが。

「どういうこと？」

「象っていうのは、恐ろしくて残虐な生きものなんだって、思わせたいんだろうな」

それはずいぶん身勝手な悪意に思われた。

四

竜之助が奇妙な遺体を調べているころ――。

やよいは土佐藩下屋敷のなかにいた。

できなくはないが、真っ昼間からこそこそと忍び込むのは気が進まないので、まずは正面から攻めてみた。

門の前に立ち、

「近くの屋敷の者ですが……」

いかにも武家の女を装って、ていねいに声をかけたのである。

「なんでしょうかな？」

「じつは、手前どもで飼っていた小鳥が、ほかの鳥に誘われるみたいにしてカゴから逃げ、ここのお庭に入ってしまったのです」

いま思いついたばかりの嘘である。

「ははあ」

「もし、よろしければ、捜させてもらいたいのですが」

やよいがそう言って、すがるような目をすると、門番はもう一人の同僚と小声で話をした。聞こえないように話しているつもりだろうが、くノ一の鋭敏な耳にはしっかり聞こえている。

「あれだよ。姫さまの笛じゃねえか」

「ああ、そうだな。ここらの鳥がずいぶん集まってるから」

「でも、あれもいるからまずいよな」

「小屋のほうに行かなければいいだろうよ」

「姫さまからも、生きもののことで苦情があったら伝えてくれとは言われているんだ」

「じゃあ、ちっと訊いて来いよ。まだ、庭におられたぞ」

相談が終わったらしい。

「では、すこしのあいだ、お待ちを」

門番はそう言って、奥のほうに向かったが、ほんとにすこし待っただけでもどって来た。

「姫さまがお会いになるそうです。こちらへ」

と、なかへ案内された。

屋敷の母屋を迂回《うかい》して庭に出る。

池のほとりに姫君らしき人が立っていた。この屋敷の門番が案内してくれたのだから、こちらは桜子姫だろう。

背が高くほっそりしている。顔色はあまりよくないので、どこか悪いところでもあるのだろうか。

「小鳥がいなくなったそうですね？」

やさしい声をかけてきた。

「はい。スズメに似ているのですが、お腹のところが橙色《だいだいいろ》をしたきれいな小鳥なのです」

それは、北の丸にある田安家の庭でよく見かけた鳥だった。

「ああ、ジョウビタキですね。この庭にたくさん来てますよ。でも、区別がつくかしら」

「めずらしい鳥ではないのですか？」

「いっぱいいます。遠くからやって来る鳥で、秋になるとやって来ます。腹が橙色をしているのはオスですよ」

「そうなんですか」

「ほら、あそこで鳴いているのがそう」

と、姫さまは池のほとりの柿の木を指差した。

そのとき後ろで、

「ぱぉおーっ」

という変な音がした。

なにかと思って振り向いたやよいは、目を瞠った。

ここから二十間ほど離れたあたりに、想像を絶する巨大な生きものがいた。

「なんですか、あれは？」

こっちに向かってくる。

逃げたいが、足がすくんでいる。手裏剣でも投げつけたいが、いまは持っていない。戦うことになったら、懐剣を使いたいところが、それも身につけて来なかった。

思わず身構えたやよいに、

「象という生きものなの。大丈夫、怖くはないのよ」

桜子姫は静かな口調で言った。

「これが象……すごい」

前に絵草子かなんかで見たことはあるが、絵と本物は、餅を絵と本物で味わうくらいに違った。本物は、丸太のような鼻をぶらぶらさせ、
ぶしゅっ。

と、桜子姫ややよいに鼻水まで引っかけた。

「きゃあ」

やよいは悲鳴をあげた。

「きゃはは。大丈夫。象の鼻水は人間のよりずっときれいだぞ」

上のほうで声がした。

象のうえには、なんともう一人の姫さまが乗っている。

「美羽さま。乗ったのね」

桜子姫が目を瞠った。

「どう。上手でしょ」

象のうえの美羽姫が嬉しそうに言った。

「いやあ、美羽姫さまはご乗馬で鍛えているだけあって、たいしたものですよ」

象の後ろで声がした。あまり大きいので、後ろに男がいてもわからなかった。

こんな大きな生きものにも手綱《たづな》がかけてあり、男はその端を握っていた。象の世話をする男らしい。

「花右衛門。お世辞は駄目だぞ」

と、美羽姫は言った。

「お世辞なんかじゃありません。姫さまが横浜に来たときは、鼻ではね飛ばされるんじゃないかと心配しましたが、たちまち気心を通わせてしまった。両国の小屋にもいっしょに来てもらいたいくらいですよ」

「わらわはかまわぬぞ」

「とんでもねえ。お姫さまを見世物になどひっぱり出したら、あっしは無事じゃすみませんよ」

花右衛門とやらは大真面目に言った。

もしかしたら、若さまはこの花右衛門と会うため、昨夜、横浜に行って来たのではなかったか。

「桜子さま。そのお人は？」

美羽姫はやよいのことを訊いた。

「飼っていた小鳥がこの庭に逃げ込んだのですって。あたし、鳥寄せの笛を吹きすぎたかもしれないわね」

「では、わらわが捜してあげる」

美羽姫は象の背中にあった鞍みたいなものに手をかけ、するするっと下りてきた。

やよいの前に立つと、目の位置が三寸分ほど低い。小柄だが、敏捷《びんしょう》そうで、しかも目鼻立ちのはっきりした、愛らしい顔のお姫さまである。

色っぽさは……女からするとあまり感じない。

それよりは、仔犬とか仔猫のように愛くるしい。

「ジョウビタキだったみたいよ」

と、桜子姫が言った。

「ジョウビタキかあ。そりゃあ、いっぱいいるなあ。オウムとかだとすぐ見つけられるんだけどなあ」

美羽姫は残念そうに言った。言葉使いは男の子のようだが、それがまったく嫌な感じはしない。

「いえ、あの、諦めます。元気でほかのといっしょに生きていけたら、そのほうが幸せかもしれませんので」

やよいは嘘を言うのも心苦しいので、小鳥の話は終わりにすることにした。

「そうだな。カゴの鳥ってのはかわいそうだからな」

美羽姫はせつなそうな顔でうなずいた。

「かわいそうなんですか?」

「うん。そりゃあ、かわいそうだよ。餌の心配はないかもしれないけど、鳥は本来、自由に空を飛びまわる生きものなんだからな」

美羽姫はそう言って、

「ね、桜子さま」

隣にいた姫を見た。

「うん、そう」

桜子も苦笑してうなずいた。こっちの姫には、いまさらどうにもならないという諦めの気持ちがうかがえた。

姫さまだの若さまだのは、さぞかしのん気で幸せな毎日を送っているように思っていた。だが、田安家の竜之助がちっとも幸せそうではなかったように、この姫たちも鬱屈した日々を過ごしていたりするのかもしれない。

象に乗ったりする美羽姫は、根っから天衣無縫《てんいむほう》なのか。それとも重圧から逃れようと必死なのか。

そのあたりはおそらく一色ではなく、混じり合った感情なのだろう。

「では、帰ります」

やよいがお辞儀をし、踵を返そうとしたとき、

「そうだ。飼っていた鳥を逃がしてしまったお詫びに、玉子をあげよう。ね、桜子さま」

「あら、そうね」

「さっき集めたニワトリの玉子があるから、少し持っていくとよい。ちょっと待

ってて」

美羽姫はニワトリ小屋のほうに駆けていき、両手に二個ずつ持って戻って来た。

「ほら、たもとに入れて」

「そんな、悪いですよ」

だまして近づいたうえに、土産までもらったら気がとがめる。

「いいから、いいから。持っていくがよい。産みたての玉子はおいしいぞ。精がついて、わたしみたいに象にだって乗れるようになるかもしれないぞう」

「まあ」

最後の言葉はダジャレだったらしい。

——悔しいけど、このお姫さま、魅力がある……。

やよいは複雑な気持ちを味わっている。

五

——なんとしても援軍を出してもらわなければならない。

と、竜之助は思った。

昨夜も辻斬りが出ていたのだ。

フグ中毒なんてできごとがなかったら、昨夜は竜之助を入れて八人の同心が、夜回りに出るはずだった。もちろん、岡っ引きや奉行所の中間《ちゅうげん》なども引きつれて。

そうしていれば、もしかしたらその辻斬りとも出会っていたかもしれない。

明石町に辻斬りの偽者が出て、少し離れた築地川沿いで本物が出ていたのだ。

竜之助は、辻番の番人に言った。

「いま、わたしはほかの事件にも関わっていて、手が足りない。仲間を連れて来るので、そのあいだ見ていてくれ」

「それはいいですが、辻斬りは町方の仕事ですよね」

「いまは、どっちの仕事うんぬんを言っている場合ではないぜ」

「では、早く帰って来てくださいよ。あっしも人殺しになんぞ出くわしたのは初めてなので、どうしていいかわかりませんよ」

番人は心細そうに言った。

「わかったよ」

竜之助は足早に奉行所に向かおうとした。

相引橋のたもとに来た。

向こうから来た女と目が合った。

「あれ、やよいじゃないか」

「あ、若さま」

やよいは慌てたような顔をした。

さっきもばったり会って、まだこんなところをうろうろしていたわけである。

「なんだ、やよい。こんなところでなにをしてるんだ？」

「ちょっと小鳥のことで」

「小鳥？」

なんだかわけがわからない。

「それはあとでゆっくり」

「うん。おいらも忙しいからな。それより、ずっと駆けずり回っていて、腹が減ってどうしようもねえ。そば屋に入る時間もねえんだよ。握り飯でかまわねえからつくって来てくれねえか？」

「わかりました。どちらにお届けしましょう？」

やよいがそう訊いたとき、

「あれ？」

見覚えのある若い武士がわきを通り抜けようとした。

「む？」

向こうもこっちを知っていたらしい。

正面から見て、思い出した。

「あんたは横浜で……」

フリーマンが襲われそうになっていたのを助けた武士だった。

武士は竜之助の恰好を見て、

「なんだ、そなた、町方の同心だったのか？」

と、少し軽蔑したような口調で言った。

「ええ。福川竜之助といいます。お見知りおきを」

「浜中主税《はまなかちから》だ」

たいして名乗りたくもなさそうに言った。

「横浜の人じゃなかったんですね？」

「わたしは江戸の人間だ。旗本で、住まいもこの近くにある。横浜には象を見に行っただけだ」

「さよう。江戸に来ると聞いていたが、いっこうに来ない。待ちくたびれて横浜へ見に行ったが、やはりいなくなっていた」

「そうだったので」

「居留地の知り合いの異人に訊いたら、フリーマンという人が象の写真を撮っているというので、フリーマンを捜していたら、あの馬鹿な武士たちと出会ったのさ」

目的が同じだったら、出会いも偶然ではない。

「それで、フリーマンのところに象の写真はあったのですか？」

「それがなかったのさ。あのあと、飯を食ったりしてフリーマンのところに行ったら、一足違いで売れてしまっていた」

「でも、写真というのは元の版があれば、何枚でもつくれるんでしょう？」

「え、そうなのか？」

「あれ？」

浜中があんまり意外そうな顔をしたので、自分のほうが間違っているような気もした。

「象を？」

「それは本当か？」

「ええ。そう聞きましたぜ」

以前、田安家のそういうことには詳しい家来に聞いた。それに、お佐紀もそういうことを言っていたので、やはり間違いはないはずである。

「知らなかった」

攘夷の武士を罵倒したり、アメリカ語を学んだりしているわりには、おぼつかないところもあるらしい。

もっとも、竜之助だって知らないことだらけで、この武士を笑う気には毛頭なれない。

「なんだって、また、象を？」

と、竜之助は訊いた。

「知り合いに聞いたのだが、象を斬り殺すなどとぬかしている攘夷の武士がいるらしいのさ」

「そうなので」

「しかも、その象をどこかの大名が世話をしてやると言っているらしい」

「ほう」

「もしかしたら、そういう馬鹿がいるために来られないなら、迎えに行ってやろうと思ったのさ」

「なるほど」

「わしが象を守ってやろうと思っている」

「象を守る?」

「さよう。象というのはじつにけなげな生きものらしい。それが遥々海を渡ってわが国にやって来た。それを異国の生きものだからと斬り殺すなどとは言語道断」

　怒りの感情が高まったらしく、凄い顔をした。

　目が急に酷薄な色を帯びる。ふだんはおっとりしていそうなのだが、激高しやすい性格なのかもしれない。

「そりゃあ、まあね」

「そのくだらぬ攘夷武士からなんとしても守ってやらねばなるまい」

「じつは、おいらも象を追いかけてましてね」

「そうなのか?」

「じつはこの近くで、象に踏みつぶされて死んだという者がいるんです」

「象に踏みつぶされただと？　本当なのか？」

「それがわからねえんで。ただ、象が江戸に来ているらしいし、なんか影がちらちらしているのも事実なんですよ」

「そりゃあ、踏まれたのが悪いな。ろくでもねえ野郎に象が怒りの鉄槌《てっつい》を下したのさ」

「そこんとこはなんとも言えねえんですが、浜中さん。見つけたりしたら町奉行所にご一報いただけるとありがたいのですが」

「ふん。断わる」

浜中主税は怒って歩み去った。

「いまの人は？」

と、やよいが訊いた。

「うん。横浜で会った男なんだが、どうも気になるな」

「あの、竜之助さま。お話が」

やよいは変に疚《やま》しそうな顔で言った。どうせ炊事をしていて、皿を何枚割っただの、その程度のことだろう。

「悪いがあとで聞く。それどころではない。それより、おにぎり、頼んだぞ」

そう言うと、竜之助はすごい勢いで駆け出していた。

六

福川竜之助は腹が減っているため、少しふらふらしながら奉行所に駆け込んだ。

同心部屋の手前で与力の高田九右衛門と会った。

「あ、高田さま。大変です」

「どうしたんだ？　また、なにか起きたんじゃないだろうな？」

「新しいできごとではありませんよ」

「そりゃあよかった。どうも、福川が動くと次々に悪事が起きるから、神社でお祓いでもさせようと思っていたところだ」

「お祓い？　それどころじゃありません。また、辻斬りが出たんです」

「なんだと。どこに？」

「築地です。土佐藩の下屋敷のわきでした。草陰にあって見つかったのはついさっきなんですが、斬られたのは昨夜だったみたいです」

「なんということだ」

「その遺体を象が踏んだりして、面倒になっていますが」

「象が踏んだだと？　また、わけのわからないことを言い出したものだな」

「おいらが、言い出したわけではありませんよ」

「そんなことより、そば屋殺しはどうなった？」

「そっちは先ほどご説明した線で間違いありません」

「というと下手人は、ええと」

うまく整理がつかないらしい。もっとも、いろいろ絡み合っているので、ここにこもっているだけでは理解しにくいだろう。

「くわしい話は文治から聞いておいてください。それと、木挽町で起きた火消しの事故は、どうも殺しみたいです」

「殺しだと？」

「しかも、下手人はここのフグ鍋にもからんでいそうです」

「おい、福川、どういうことだ？」

「そこらは、高田さまがフグ鍋屋の小吉に訊いてみてください。わたしはそれよりもまず、援軍が欲しいのです」

「悪いが、援軍は難しいな」

「大滝さんや矢崎さんはもう治ったでしょう？」

「いや、まだ、厠に行ったり来たりしてるから、駄目だろうな」

「戸山さんは？」

「うむ。いま、起きていることを伝えてあるので、動き回ってはいるようだが」

どうも、よく把握できていないらしい。

「ほかにも同心の方々はいらっしゃいますが」

外回りは、定町回りだけではない。隠密廻りもいれば、橋同心や風烈廻りなどもいる。なんなら内勤の同心たちも駆り出してくれてかまわない。

「それがな。上さまが京の騒乱を心配なさるあまり、急遽、王子神社へ祈願に行かれるという話があり、道々の警護に駆り出されているのだ。むろん、外回りだけでなく、事務方もな」

「なんという……」

上さまに神信心をするなとまでは言わないが、ご自分が急に動くとなると、下っ端の者まで駆り出されるということを知らないのだろうか。

内心、呆れてしまった。

「わかりました。では、おいらが一人で辻斬り警戒部隊と、象探索部隊を組織させていただきます。隊長はおいらということで」

厭味《いやみ》を言ったつもりだが、

「うむ。わしが任じた」

と、高田にうなずかれてしまった。

そこへ、文治がやって来た。

「福川さま」

「おっ、どうした。連れて来てくれたかい？」

「それが、神田岩井町に金兵衛長屋というのはないんですよ」

「なんだって」

「いちおう、番屋で弥七という名の男も捜してもらいました。一人いましたが、八十一でほとんど寝たきりになっている爺さんでした」

「ううむ」

竜之助は唸った。

「どういうことでしょう？」

「これで、あの象の話はまったく当てにならなくなった」

「てえことは？」

「やっぱり沼井屋を殺したのは、象じゃねえってことさ」

「でも、象は江戸にいるんですよね」

「たぶんな。それも、意外に近くに」

「なにがどうなってるのか、さっぱりわからなくなってきました」

文治は両手でこめかみのあたりを押さえるようにした。

「それと辻斬りの件なんだがな」

「あ、そっちもありましたっけ」

文治は次に、親指と人差し指をものでもつまむみたいに動かした。

「なんだい、その手つきは?」

「いえ、そろばんをはじくみたいに、かんたんに足し算とか引き算ができねえものかなと。なんだかこんがらかってきちゃいましたのでね」

「そりゃあ、おいらも同じなんだが、じつはさっき変なやつと会ったんだ」

「変なやつねえ。変なやつはいっぱいいますからね」

「そうだよな」

「福川さまも」

「おいらはふつうだろうよ。やってることもふつうだ」

「でも、福川さまはふつうにしていても充分、変ですぜ」

「そんなことはねえだろう」

「いや、変です。ただ、好もしい変な感じかもしれません」

「好もしい変な感じてえのはねえだろう」

「それで？」

と、文治は自分でずらした話をもどした。

「その変なやつとは横浜で偶然会ってるんだが、素晴らしく腕が立つんだよ。なんせ、四人相手に、峰打ちであっという間に三人を叩き伏せたくらいさ」

「一人、残ったので？」

「一人はおいらが手伝ったんだけど、手伝わなくても大丈夫だったな」

「へえ」

「それで、その男は、象を狙っているらしい攘夷派の武士から、わしが象を守ってやると息まいたのさ」

「象を狙う攘夷派なんていているんですか？」

「このご時世だと、いてもおかしくはないかもしれねえな」

「なるほど」

「それで、おいらはふと疑問に思ったんだけどさ、辻斬りはほんとに行きあたりばったりで斬っていると思うか？」

「え、違うんですか？」

「いや、それをよく、検討しなくちゃいけなかったのではないかな？」

「いままで、誰もやってなかったんですね」

「うん。見逃してしまったんだろうな」

「そりゃあまずかったですね」

と、文治は声をひそめて言った。

「この件はぜんぶ南町が担当したのかな？」

「いや、先月の末から起きてますので、二件ほどは北町が担当しているはずです」

するといちいち正式な依頼だのなんだのが必要になるし、そんなまだるっこしいことはしていられない。

「これまでの辻斬りの詳しいようすを知るには……そうだ。瓦版だ」

「なるほど」

「お佐紀ちゃんは、辻斬りの件は書いてなかったかな？」

「書いてましたよ。お佐紀坊はふだん、この手の血生臭い殺しはあまり書かないんだけど、これはたまたま最初の辻斬りが、芝の親戚のすぐ近所であったものだから、ずっと追いかけてました」

「そうか。文治、すまねえが、お佐紀ちゃんからその瓦版をもらって来てくれねえかい?」

「合点です」

文治は飛び出して行った。

七

竜之助は、ふたたび辻斬りの現場に向かった。

さっき現場を離れるときも、辻番は迷惑そうにしていた。

「辻斬りは町方の仕事では……」

などとも言っていた。

関わりたくないのだ。

たしかに辻番は近所の大名や旗本が周囲の治安のために置いているところである。だが、もう少し町方にいろいろ協力してくれてもよさそうである。

町方の番屋も町人たちがつくっている自分たちの治安のためのものだが、奉行所の支配下にあって、協力してくれている。

お目付けたちは、江戸市中にある辻番を統括して、市中全体の治安に協力するようにしてくれているのだろうか。

――まったく、弱ったもんだぜ。

ちょっと怒りを覚えた。

すると、腹が鳴った。ひどく腹が減っている。

そろそろ日も翳《かげ》り出している。今朝、横浜で食べたビフテキが、正月に食べたごちそうみたいな気がしてくる。

そういえば、やよいにおにぎりを頼んだはいいが、どこそこに届けてくれと言っていなかったのを思い出した。

それにしても、やよいはどうしてあんなところをうろうろしていたのか。

土佐藩の下屋敷のことも気になってきた。

殺された辰之助が「なんだ、あれは?」と叫んだのは、なにを見たからなのか。

象の糞らしきものがあり、辻斬りに浪人らしき武士が斬られていた。

竜之助は、鉄砲洲の蜂須賀家の下屋敷に立ち寄ることにした。ひとつ、ぜひとも確認しておきたい。

門番に用人の川西丹波を呼んでもらった。

待っているあいだも、腹の虫は鳴きっぱなしである。

川西はどうも汚れるようなことをしていたらしく、着物の前をぱたぱた払いながら出てきて、

「竜之助さま。どうです、姫の行方は？」

と、慌てたように訊いた。

「忙しいのでかかりきりにはなれねえが、それでも合い間に捜しているよ。それで、一つ訊きたいんだが、美羽姫どのの友だちに、土佐藩の姫さまはいないかい？」

「います。桜子姫といって、これがまた、ろくでも……」

そこまで言って、ふいに言葉を飲み込んだ。

「いま、ろくでもねえって言ったよな」

「言ってません。美羽姫さまと気が合うくらいですから、当然、突飛な性格の姫さまでして」

「生きものとかも好きかい？」

「大好きです。だいたい美羽姫さまが生きものを飼うようになったのも、桜子姫の影響でして、いまも牛が急に産気づいてたいへんでした。早く姫さまにもどって来てもらわないと困ってしまいます」

汚れていたのは牛のお産のせいだったらしい。

「やっぱりな」

竜之助はうなずいた。

おそらく美羽姫は、桜子姫といっしょにいるのだ。

横浜の香具師のところに行ったというのは、美羽姫か桜子姫かはわからないが、行き違いみたいなことになっているのではないか。

「それがなにか？　もちろん、あの姫さまにも問い合わせましたが、知らないとおっしゃってましたよ。まさか、美羽姫さまが土佐藩邸に？」

「それはまだわからねえけれど、もし、いたとしても、ただ訪ねて行っても駄目かもしれねえな」

「では、どうしたらよいので？」

「うん。また、考えてみて、思いついたら来るよ。それより、頼みがある。ここの台所の女に頼んで、にぎり飯を一つ、つくってもらえねえかな。もう、腹が減ってたまらねえんだ」

「にぎり飯だなんて。ちゃんとお膳を」

「それはいいよ。おいら、そんなものは出されても喰わねえよ」

「わかりました」

と、いったんは下がったが、

「いま、飯が切れていて、炊いているところだそうです。もう少しお待ちをと」

「じゃあ、悪いがもういいや」

じれったくなり、竜之助は門を出ると、たちまち走り去った。

八

蜂須賀家の下屋敷の前は町人地で、南八丁堀と呼ばれる町並である。

そこを駆け抜けようとしたとき、

「おっ、福川じゃねえか」

前に現われたのは、「ずばり」が口癖の戸山甲兵衛だった。

「戸山さん。辻斬りが動き出しています。お手伝いをお願いします」

なんとなく頼りにならない気もするが、こういうときは町方が出ているという だけでも、悪事を抑止することになるはずなのだ。

「まだ、暮れ六つ（午後六時）前じゃねえか。辻斬りが出るのは遅くなってから だよ。あれはどうした。そば屋殺し？」

「あれ、まだ、ご存じではなかったですか？」

戸山がどこまで知っているか、竜之助もわからなくなっている。

「なんだか、奉行所にもどるたびにいろんな騒ぎが起きていて、わけがわからね えよ。高田さんもだいぶ混乱してるぜ」

「そば屋殺しの下手人は、死んだ沼井屋でした」

「象に踏まれたやつか？　なんで沼井屋が？」

「あ、それを説明するとややこしくなりますので」

「それと、フグ鍋の件なんだが、それもおいらがいろいろ調べてやってるぜ」

「あ、そっちも当たりがつきました」

「え？」

「下手人は、火消し殺しの下手人でもあるんです」

「火消し殺し？　いつ、そんなものがあったんだ」

「あ、それも説明すると長くなるんで……」

「おめえの話はわからねえことばっかりだ。ちゃんと、頭の整理ができてねえからそういうことになるんだぜ」

「はい。わかりました。それで、フグ鍋の下手人は火消しの馬五郎という男で」

「馬五郎？」

「はい。その馬五郎を呼んでもらうように〈す組〉の棟領に頼んでますので、来たら報せてくれるはずです」

「それは、あとでおいらが顔を出すことにしよう。捕縛はまかせておきな。自白させるのは見習いにはまだ早いしな」

「わかりました。それより辻斬りの件ですが、戸山さん、いっしょに来てください」

　と、竜之助は戸山の袖を引っ張るようにした。

「待て、待て」

「なんですか」

「わしはこれから霊岸島の祭りの集まりに行かなくちゃならねえんだ」

「祭りぃ？」

抑えきれずに呆れた声が出た。

この忙しいときに、なんとものんき気な話ではないか。


「馬鹿。町方は祭りのこともちゃんと気を配らなければならねえんだぜ。むろん、寺社方とも相談のうえだがな」

「だいたい、いまごろ祭りなんかあるんですか?」

「ああ、霊岸島神宮のな。とくに今度のは山車《だし》も豪華なやつが出るらしいぜ」

「山車ねえ」

江戸の祭りの見事な山車は、竜之助も遠くからだが見たことがあった。お城のなかにまで入ってきて、将軍が見物したりする祭りもあったはずである。

それらは象のように巨大だった。

象のように……。

「あっ。もしかして、その山車に象をかたどったようなものはありませんか?」

と、竜之助は訊いた。

かなり興奮した口調になった。

戸山はそんな竜之助の興奮ぶりを冷静な目で見つめ、

「象をだと……福川、おめえ、いいところに目をつけたじゃねえか。おいらが山車の話をしたからだろうが」

と、言った。

「そうですね」

それはその通りである。戸山が山車の話をしなかったら、山車と象を結びつけたりすることもなかっただろう。

「おいらも、そこは薄々わかっていたのさ」

戸山はにやりと笑った。

「そうなんですか」

「ああ。気づいたのは、おめえより、おいらのほうが先だ。山車に間違いなく象をかたどったやつがある。そして、いいか、おいらは言うぜ。言ってしまうぜ。ずばり。その象の山車が下手人だ！」

そう言って、戸山甲兵衛はさっと踵を返し、霊岸島のほうへ歩み去ってしまった。

しかも、その霊岸島のほうで、やよいが包みを抱えて小走りに道を横切ったのもちらりと見えた。

もしかしたら、おにぎりをつくってくれて、それを渡そうと捜してくれているのかもしれない……。

だが、宵闇は迫りつつある。

——駄目だ。やよいを追いかける暇はない。

竜之助は、土佐藩下屋敷に向かって駆け出した。

空腹のあまり、少し目が眩《くら》んできている。

第五章　ゆでたまご

一

――象の殺しには、おそらく象の山車《だし》が関わっている。

築地の土佐藩下屋敷に向かって駆けながら、竜之助はそう思った。

だが、山車が下手人というか、誰かが象のかたちをした山車を引っ張って歩いているとは考えられない。それでは象並みに目立つはずだが、そんな話はどこにも出ていない。

――もしかしたら、その象の山車を祭りに出させたくないのではないか。

ふと、そう思った。

もし、象の山車が出れば、それはたいへんな評判にも、人気にもなるだろう。

本物の象が来ていて、そのうち両国あたりに見世物に出るということもわかれば、評判や人気はますます高まるだろう。

だが、象人気を嫌がる連中だっているかもしれない。

その連中は、象の評判や人気を落としたいのだ。それには、象という生きものが凶暴で、邪悪で、人を踏みつぶして歩くような生きものであると思わせればいい。そうなったら、誰が象の山車なんか喜ぶものだろうか。

象そのものを貶《おとし》めたいというより、象の山車を出させたくない……。

その線に下手人もいるような気がしてきた。

だが、いまは象の殺しどころではない。

当面、いちばん心配なのは辻斬りである。今夜にも、次の犠牲者が出るかもしれないのである。


土佐藩下屋敷のわきの道までやって来た。

辻番の番人が一人、つまらなそうに遺体のそばに突っ立っていた。

周囲には野次馬もいなくなっている。野次馬というのは、騒ぎを見るために集まって来るので、夕暮れの人けの少ない道端で、番人が一人だけで見守っている遺体などは、あまり見たくもないのだろう。

「まだ、ここにいたのかい？」

と、竜之助は訊いた。

正直なところ、土佐藩邸のほうからも人手を出してくれて、遺体の片づけから下手人捜しまでやってくれているのではないかと期待した。期待はものの見事に外れた。

「辻番の小屋は町方の番屋より狭いくらいで、遺体など置けませんよ。それに、この遺体はどう見ても浪人者だし」

浪人は、当人の気持ちはともかく、武士として扱われない。町方の管轄に置かれているのだ。

「わかった」

と、竜之助はうなずいた。

遺体の押しつけ合いなど、遺体だってかわいそうである。

とそこへ。

「あのう」

品のいい初老の町人が声をかけてきた。

「うちの長屋の住人かもしれないと報せてきた者がいまして」

「お、見てくれ」

提灯《ちょうちん》の明かりを向けた。

「あ、間違いありません。うちの長屋に住む浪人者で川崎睦兵衛《かわさきむつべえ》というお方です。腕が立つと自慢してましたが、こんな末路でしたか」

「腕が立つ？」

「ええ。何日か前は酔っ払って、おれは象を斬ると息まいていたんですがね」

「なんで象を斬らなくちゃならないんだ？」

「はい。それはあたしも訊きました。なんでも、象というのは異国から続々とやって来る化け物の尖兵みたいなやつで、江戸に足を踏み入れさせてはいけないと。やがて、この国で繁殖しはじめ、何万頭という象にこの国の食糧を食い尽くされてしまうのだと、そんなふうに言ってました」

「そうか。食いものの心配だったか」

すこしみみっちい気がするが、当人は飢えの経験があるのかもしれない。

「では、長屋に運ぶのに住人を何人か連れてまいります」

「おう、助かった。頼んだぞ」

と、大家に声をかけ、

「遺体は長屋のほうで引き取ってもらうとして、せめて今夜、ここらの警戒を厳しくするよう、雇い主に言ってもらえるかい？」

辻番の番人に訊いた。

「この辻番は土佐の山内さまが出されている。おれはそこの雇われ人にすぎねえ。では、うかがって来よう」

もともと辻番というのは、藩士や旗本の家来たちが詰めるものだったらしい。

だが、次第に人を雇うようになり、いまでは町方の番屋と同様に、年寄りが安い給金で雇われていたりする。

ここもその口らしく、七十に近そうな番人は、のそのそとした足取りで土佐藩下屋敷の門のところに行った。

すると、竜之助の耳に、奇妙な音が聞こえた。

ぱぉおーっ。

という音である。

ぱぉおーっ？

どこかで聞いたことがある。

そうだ。横浜の香具師の女房は、象の鳴き声というのは「ぽぉーお」というのだと言っていた。

ぱぉおーっ、と、ぽぉーお。

同じものではないか。

「ちと、すまぬ」

辻番の番人を押しのけるようにして、門番に声をかけると、ちょうど門内にいた若い女が、

「あら、竜之助さまでは？」

と、親しげに言った。

「どなた？」

「桜子です」

昨日から何度も聞いていた名前である。

「あ、そういえば」

何度か会ったことがある。顔と名前が結びつかなかった。

「いま、美羽姫さまが」

「いますか。ふう、やっと見つけた」

　そう言ったとき、半町ほど向こうを象が横切った。

　地響きがしている。巨大さには思わず目を瞠った。

　しかも、背中に人が乗っていた。すでに暗く、かがり火の明かりでしか見えなかったが、それは美羽姫ではなかったか。

「もしかして、象に乗っているのは？」

「そう。美羽姫さまよ」

「やっぱり、ここに」

　やっぱりというのは、美羽姫のことでもあるし、象のことでもある。

「何日か前、横浜の花右衛門のところに顔を出したのは？」

　と、竜之助は訊いた。

「それはわたしです。船酔いがひどかったので、神奈川で降りて歩いて行ったのですが、遅れてしまいました。でも、美羽姫さまが港で待っていてくれましたよ」

「二人で迎えに行ったのですね」

　これで、横浜の姫のことも納得した。

「美羽姫さまにはお会いになります？」

と、桜子姫が訊いた。

「ぜひ」

説得して、とりあえず一度は蜂須賀家にもどってもらわなければならない。そうでないと、また、支倉だのなんだのが、捜してくれと言ってくるのだ。

「では、こちらに」

と、門の中に入れてもらった。

歩き出した桜子姫に、竜之助は言った。

「それと、ほかにも頼みがあります。いま、このあたりに辻斬りが出没しているため、警戒の人手も欲しいのです」

「あ、この屋敷にはいま、刀が使える者はおりませぬよ」

「そうですか」

がっかりである。大名屋敷は構えこそいかめしいが、内実はその程度のものなのだ。

桜子姫は庭のほうに歩いて行き、

「美羽さま」

と、声をかけた。

「なあに、桜子さま」

「ほら、こちらの方」

と、提灯を竜之助に向けた。

「竜之助さま！」

嬉しそうな、はしゃいだ声である。

とても十八には見えない無邪気な表情ではないか。

家来たちに心配をかけていることなど、すこしも気に留めていないだろう。もっとも、それは竜之助も同じである。

「ご用人が心配なさってましたぜ」

「心配するなと書きおきしませんでしたっけ？」

「姫。お遊びはもう、よろしいでしょう」

「いやです」

象と離れたくないらしい。

「そんなに面白いですか？」

「竜之助さまもお乗りになってみて。馬に乗るのがつまらなくなってしまいますよ」

面白いことは想像がつく。この大きさである。山を揺らして遊ぶようなものだろう。

「しかも、花江の性格のよさ」

「ほう」

「やさしくて、おおらかで。母というのは、きっとこういうものなのでしょうね」

「母……」

この姫も、幼いころに満たされなかったものを抱えているのだろう。象を取り上げることが可哀そうに思えてきた。

「姫。そのかわり、いいものをあげましょう」

竜之助は、下からやさしく声をかけた。

「なに?」

「象の写真です。花江にいつでも会えますよ」

「写真? あの、実物そのものを写すやつですか?」

「そうですよ」

「どれ、見せてください」

「いまは、ありませんが、横浜にいるフリーマンという異人が撮ったのです。それを頼んで買って来てあげましょう」

「そうなの」

迷っているらしい。どちらにせよ、別れなければならないのはわかっているのだ。

その姫がふいに、象の上で叫んだ。

「あ、火事ですよ！」

二

「火事だって？」

いったい、なんという日なのか。正直うんざりである。

だが、火事のときも町方は関係ないではいられない。現場に向かい、火消したちの指揮や、野次馬の整理に当たらなければならないのだ。

もちろん、火付けが疑われるときは、火付盗賊改方と協力し合い、下手人を捜し出さなければならない。

「方角はどっちですか？」

「お城のほうですが、もっとずっと手前の町人地のあたりですよ」

なるほど白い煙も上がっている。

あれだと木挽町のあたりだろう。

「おいらは、まず、火事の現場に」

駆け出そうとした竜之助の背中で、桜子姫が言った。

「竜之助さま。辻斬りの警戒はおまかせあれ！」

「え？　剣を使えるような者がいないのでは？」

「剣は使えませんが、うちには百人力、怪力無双のおなごがいます。象の花江さんに登場してもらいますよ！」

「象だって」

まさか、あれを門の外に出すつもりなのか。しかも、上には美羽姫が乗っている。

頭がふらふらしてきた。勝手にどうぞという心境にもなる。

門を出て、よろめきながらも走り出した竜之助に、

「若さま」

と、声がかかった。

「なんだよ、姫さまだの、若さまだのって、どうしてそういう浮世離れしたやつらがうろうろして……あ、若さまってのは、おいらか」

振り向くとやよいがいた。

「やっと見つけました。これを」

やよいは、小さな包みを差し出した。

「おう、助かったぜ」

そう言いながらも、竜之助は走っている。

「立ち止まって食べる暇もないんですか？」

「ないよ」

「では、わたしも」

と、やよいは並んで走りながら、竜之助におにぎりを差し出した。

それにかぶりつく。

どんぶりに山盛り分ほどの大きなおにぎりになっている。

だが、海苔が巻いてあるからぽろぽろ崩れたりもしない。食べやすいし、うまい。

「うまいぜ、やよい」

「はい」

「これはビフテキよりうまい」

ほんとに、なによりもうまい。腹が減ったときの、いや、やよいがつくってくれるおにぎりは、この世でいちばんうまい食いものかもしれない。

「まあ」

やよいの顔が心から嬉しそうに綻《ほころ》んだ。

「よおし。力も湧いてきた」

「ほんとに嬉しいです」

「そっちにもなんか、あるな？」

と、やよいが持ったカゴを指差した。

「ゆでたまごです。ますます精がつきますよ。象にも乗れるくらいに」

それは美羽姫の受け売りである。

「よし。そっちももらった。じゃあな」

ゆでたまご二つは一個ずつたもとに入れた。

火事は木挽町の一丁目だった。

木挽町は三十間堀に沿って、一丁目から七丁目まである細長い町である。現代では、銀座の二丁目、昭和通りよりも銀座通り側になる。中央競馬会のウインズがあるあたりが、江戸時代の木挽町一丁目だった。

〈す組〉の火消し衆が次々に駆けつけて来ていた。

棟梁の姿が見えた。

竜之助が近づくと、

「旦那。あいすみません。こんな近くで火事を出しちまいました」

と、頭を下げた。

「そんなのは棟梁のせいじゃねえ。それより、馬五郎は来たかい？」

「それがまだなんです。家ものぞいたが、いませんでした。もしかしたら、町方の旦那がこの件で動き出したのを勘付いたのかもしれませんぜ」

「そりゃあ、まずいな」

竜之助は呻いた。もともと火事が大好きなのだ。自棄《やけ》をおこされると、とんだ火付けまでやらかしかねない。

なんとしても早く捕まえなければならないのだ。

三

「どいた、どいた」

そこへ、火消しの一団が雪崩《なだれ》こんできた。

梯子がかけられ、纏を持った男たちが屋根に上がっていく。

頭領が火事全体を見て、水をかけるところや、家を壊すところなどを大声で指示していく。

降りかかる炎の下の男たちのきびきびした動き。火事と喧嘩は江戸の華などという不謹慎な言葉も、このようすを見ると仕方がないと思える。

竜之助も見物などしている場合ではない。

「下がって、もっと下がって」

竜之助は、野次馬たちを押し戻すようにして、大声を張り上げる。もしも、おにぎりを食べていなかったら、とても声すら出せなかっただろう。

それにしても手が足りない。

周りを見渡しても、見覚えのある番屋の人たちや、岡っ引きなどの姿はあるが、奉行所の同心は誰もいない。

「福川さま！」

文治が駆けて来た。

「火事なんでたぶんこっちだろうと」

「どうだった」

「ええ。ありました。いっしょに来たので、お佐紀坊から聞いたほうが手っ取り早いかもしれません」

文治の後ろから来たお佐紀が息をはずませている。火事の炎の明かりがうっすらと汗ばんだお佐紀の顔を照らし、美しく輝かせている。

「福川さまが睨んだとおりです。殺された人たちは皆、つながりがありました。いいですか」

と、お佐紀は竜之助の横に立ち、自分がつくった瓦版を一枚ずつめくっていく。

「最初の犠牲者は、芝の饅頭屋《まんじゆうや》でした。異人が大嫌いで、『異人、お断わり』と貼り紙までしていました」

読めばもっと長いのである。お佐紀は、肝心なことだけを説明してくれている。

だから、最初の一人でつながりというのも見当はついた。

「なるほど」

「二人目は、武士でした。身元はこのときはまだ、わかっていません」

「それは、いまだにわかっていないはずだよ」

「そうですか。では、脱藩浪人かもしれませんね。異人が宿泊する寺の周囲で斬られていました」

「斬られた武士は異人を狙っていたところだったのかもしれねえな」

ふと、横浜で見た浜中の立ち合いを思い出した。

そういえば、浜中は家も築地の近所だと言っていた。この火事騒ぎも聞こえているかもしれない。

「三人目は、寿司屋のあるじです」

「寿司屋か」

と、文治がつぶやいた。文治の家も寿司屋である。

「最近、店の名前を〈松寿司〉から〈攘夷寿司〉と変えていたんです」

「攘夷寿司とはすげえ名前だぜ」

文治は笑った。

「四人目は、寺子屋の師匠です。子どもたちに攘夷の正しさを説く熱心な師匠だったみたいです」

たぶん当人に悪気のようなものはない。それが正しいと信じ、子どもたちにも熱心に攘夷の考えを吹き込んだ。

先生がいい人であればなおさら、子どもたちは異人を憎しみの目で眺めるようになっているだろう。

善良な人たちが、どうして異国と仲良くすることを教えられないのか。

「そして五人目は、どうも象を斬ろうとしていた浪人者でした」

さっきの土佐藩邸の横で斬られていた男である。

お佐紀は瓦版を懐にしまい、

「斬られているのは、武士や町人に限らず、頑迷な攘夷の考えの持ち主だったみたいですね」

竜之助の目をまっすぐに見て言った。

「おう。よくわかったぜ。それに、辻斬りの下手人の見当もついてきた」

「ほんとですか、旦那」

「ああ。れっきとした旗本なんで、ちっと厄介だ。この騒ぎがおさまったら、お奉行に頼んで、動いてもらうしかねえだろう」

「旗本ですかい」

文治は顔をしかめた。

「だからといって、警戒は解けねえ。いま、このときだって、誰かを狙ってるかもしれねえんだぜ」

たとえ相手が旗本だろうが大名だろうが、町方も悪事の現場を目撃したら、斬り合ってもかまわないのだ。

縄張りが違うと見逃していたら、治安もへったくれもない。

「文治、手が足りない。野次馬を後ろに下げるのを手伝ってくれ」

「わかりました」

文治が大声を上げて野次馬を押し返せば、お佐紀はもう、火事場のようすを絵にしはじめている。

「お佐紀ちゃん。気をつけなよ」

「福川さまこそ」

うなずきながら笑い返してくる。いい笑顔である。

――おっと。かわいい娘に気を取られている場合ではない。

この火事の現場で、自分にできることをしなければならない。

熱風が顔にかかる。

火の粉も飛んでくる。

こんな間近で火事を見るのは、生まれて初めてのことだった。

四

「福川！ 福川はいねえか！」

大声が聞こえた。

この火事騒ぎのなかでも聞こえるのだから、たいした大声だろう。

「こっちです、こっち！」

竜之助も、負けじと大声を張り上げた。

戸山甲兵衛が、二人の男を連れて、こっちにやって来た。

「どうしました？」

「祭りの会合の場からこいつらを連れてきたぜ」

「わざわざですか？」

竜之助は二人を見た。

片方は嫌がるのを相当、無理やり連れてきたらしく、右側の袖が取れそうになっている。しかも煙が嫌なのか、手ぬぐいで顔の半分を覆い隠している。

「まったく、こいつらの言い分を聞いていると、わけがわからなくなる一方なので、連れて来たんだ。福川、ちっと話を聞いてやってくれ」

「ここでですか?」

火事の真っ最中である。

炎が黒煙を上げながら踊り、熱風が吹き寄せ、怒号が渦巻くさなかである。

「だが、おめえが纏を振るわけでもねえだろうよ」

「そりゃまあそうですが」

戸山の説明によると、男二人はそれぞれ、新四日市町《しんよっかいち》と銀町《しろがね》の若い衆らしい。

この二つは、霊岸島を横切る新川《しんかわ》の堀をはさんで、両岸に伸びる町である。下りものを扱う大きな酒問屋が並ぶところとしても知られる。

「なるほど。それで祭りのときには、山車の派手さなんかも競い合ったりするんだね?」

と、竜之助は二人を見ながら訊いた。

そうしながらも、火事のようすにも目を向けなければならない。まったく忙しい。

戸山甲兵衛は竜之助に二人を預けて安心したのか、わきのほうに寄って行き、煙草を吸いはじめた。

こんなに煙が流れるところで、さらに煙が吸いたいのかと、竜之助は驚いた。

「そりゃあ、もちろんです。もしも山車の凄さで負けたと思ったら、それから一年は、向こう岸にひけ目を感じながら過ごさなくちゃならねえんですから」

と、新四日市町の若い衆が言い、

「こっちも同じでさあ」

銀町の若い衆も、手ぬぐいで顔をおおったまま、うなずいた。

「それで、今年はどんな山車を出すつもりだったんだい？」

と、竜之助は訊いた。

「そりゃあ、ちっと」

「言えませんよ」

二人ともそっぽを向いた。

「おいおい、じつは殺しの調べのことなんだ。ないしょというわけにはいかねえぜ」

「でもね」

「駄目だね」

弱ったものである。

「お互いに聞かせたくねえってんだな。じゃあ、こうしよう。おいらの耳にささやいてくれ。それなら、相手にはわからねえだろう」

まったく、この忙しいときに、どうして男同士でないしょ話をしなければならないのか。だが、これも仕事だから仕方がない。

「それなら」

「いいでしょう」

「じゃあ、新四日市町のほうから」

「うちは象の山車を出します」

「銀町は？」

「巨大な虎の山車です」

「なるほど」

やっぱり象がいたのだ。

竜之助は、新四日市町の若い衆の耳に口を近づけ、

「象をやるってえのは、本物の象が来ることから思いついたんだろ？」

と、訊いた。

若い衆はにやっと笑い、

「そうなんです。横浜に象が入り、両国の見世物に出るという話を聞いたのでね。これは象をやったら受けるぞと思ったんです。じつは、それを言い出したのはあっしなんでさあ」

自慢げな顔で耳打ちした。

「ほう。あんたがかい」

「これがまた、素晴らしくいい出来でしてね」

「本物は見たのかい？」

「本物？」

「ああ」

「いや、見てません。それで象はどういう姿かたちなのか、皆で寄ってたかって考えながらつくりましたよ」

「そうなのか。ちなみに、色は何色なんだい？」

「茶色です」

「茶色か」

ないしょ話をしながら竜之助は笑いを禁じ得ない。

次に竜之助は、銀町の若い衆に訊いた。

「虎の出来はどうだい？」

「そりゃあ、たいしたものですよ」

「ところで、去年はどっちの山車がよかったんだい？」

「それをあっしに訊くんですかい？」

「しょうがねえだろ」

「ま、女子どもの評判は向こう岸のほうがよかったみたいですがね」

銀町の若い衆は悔しそうに言った。まだ顔を手ぬぐいで隠している。

「一昨年はどうだったたい？」

「一昨年も向こう岸の評判は悪くなかったですね」

「とすると、もし、今年も新四日市町の山車のほうが評判よかったら、銀町側は立つ瀬がないね」

「ええ。あっしは銀町の住人の誇りを背負《しょ》ってますから、そりゃあ必死でやってますよ」

「気持ちはわかるさ」

と、うなずき、

「ところで、おめえ、手ぬぐいを取ってくれねえかい。話しにくくってしゃあねえんだ」

ひどいべらんめえ口調で言った。

「て、手ぬぐいを」

「おめえ、神田岩井町の金兵衛長屋の弥七だと名乗った男だろ？」

「……」

「弥七ってえのは意外にほんとの名なんじゃねえのかい？」

「ええ、ほんとです」

弥七はそう言って、手ぬぐいを下ろした。

間違いなく明石町で見かけた顔だった。

「新四日市町が象の山車だって聞いたときは、やられたと思ったんじゃねえのかい？」

「……」

弥七の顔がせつなそうに歪んだ。

「おめえは今年も負けたと思った。だが、さっきも言ったように、おめえの背中には銀町の誇りがかかっている。負けるわけにはいかねえ。それで考えたんだろ。象をひどい生きものだということにすればいいってな」

「……」

「象が人を踏みつぶして歩いているという話が出回れば、象の人気はガタ落ち。山車もそんなひどい生きものを神さまに見せていいのかってことにもなるだろう。新四日市町の山車は出せなくなっちまうもんな」

「……」

「だが、おいらはあんたがむやみに人殺しをしたとは思っていねえ。最初にやったのは、もしかしたら見てたんじゃねえのかい。男が夜鳴きそば屋のおやじを殺すところを」

「ええ」

「そんときのようすを聞かせてくれねえかい？」

「あっしらは――あと二人の仲間がいるんですが、そいつらと、車がついた鉄の柱みてえなやつを引っ張って歩いてました。それは虎の山車の中心になるもので、がっちりしている分、すごく重いものなんです」

「なるほどな。車のあとは消し切れずに残っていたぜ」

と、竜之助は言った。

「それを引っ張って行き、なにか大事なものの上に重いところが倒れるようにして、象が踏みつぶしたように装うことにしたんです。ところが、そんなものはなかなかありませんよ」

「そらそうだ」

「人なんか、とてもやれるものじゃありません。そんなとき、明石橋のたもとで人殺しを見てしまったんです。あいつは、そば屋のおやじの頭をいきなり殴りつけ、下の河岸のところに落ちると、さらに持ってきた刀で斬りつけたんです」

「刀はどうしたい？」

「反対側の海のほうに放ってしまいましたよ」

やはり間違いはなかったのだ。そして、この弥七も嘘は言っていない。

「あんなひでえやつは天罰が下って当然だよなと、仲間うちで話しました。仲間二人も賛成しました。どうせ、捕まったら獄門になるやつだからと、ちょうどあいつがこっちに来たところに、鉄の柱を倒したのです」

「よくわかったぜ」

竜之助はうなずいた。

沼井屋があんな人殺しなどしなければ、この連中もそこらの盆栽でも潰して歩くくらいの悪事で済んだのではないか。

妙な因縁を思って、竜之助はつらい気持ちになった。

「それで、おめえは一人だけそこにとどまっていたんだろ?」

「はい。ただ、ぺしゃんこになっていたんじゃ、なんのことだかわからないんで、番屋の連中が来たところで、象がいたと」

「もう一人やっただろうよ?」

「やりました。だが、あれはもともと死んでいたんですよ。信じてください」

「それはわかってるよ。辻斬りにやられていたんだ」

「辻斬りだったんですか。あっしらは、あのあと、築地川のほうに出てきました。それで一人が小便をすると言って、川っ淵に立ったとき見つけたんです。鼻に手を当ててても息はしてねえし、脈も打ってませんでした。それで、植え込みのほうに回り込み、鉄の柱を倒しました」

そのため、木が折れていたりすることもなかった。もっとも、そのおかげで、象がやったのではないと見破ることができた。

「いったん倒すと、起こすのは大変なんじゃねえのかい？」

「それは梃子《てこ》の要領で。三人もいますし」

「なるほどな」

　これで、象の殺しの件も明らかになった。

「あっしらのせいで、祭りが中止になるってことは？」

「それはなんとかなるようやってみるよ」

「ありがとうございます」

　弥七はそう言ってうなだれた。

「ところで、象が江戸に来ていることは知ってたかい？」

「いえ。来てるんですか」

「ああ、ほら、後ろを見てみな」

　巨大な象がゆっくりとこっちにやって来るところだった。

　長い鼻をぶらぶらと揺らしている。耳がはばたいている。身体全体が波打つような動きで迫ってくる。それは神々《こうごう》しさすら感じさせた。

　もちろん背中には美羽姫が乗っている。

「え、あれが、象……」

新四日市町の若い衆が目を瞠っている。想像を越えた大きさと姿かたちだったらしい。

「あれが象だよ。あいにく茶色じゃねえんだな、象は」

五

後ろのほうで象が現われたため、野次馬たちがどよめきはじめると、今度は前から〈す組〉の棟梁がやって来た。

「福川さま。いました。馬五郎が」

「どこに?」

「あそこです!」

棟梁が指差したのは屋根の上だった。

「喧嘩しているみたいだな」

「ええ。一番纏のところに行って、無理やり纏を奪おうとしているんです」

「しょうがねえ野郎だ」

竜之助は周囲を見た。

戸山甲兵衛はわきに寄って、弥七に縄をかけている。文治は象のまわりの野次馬をどかせるのに必死になっている。

もちろん火消し衆は、火を消すのに大わらわである。

「よし、おいらが行くぜ」

と、竜之助は言った。

「そりゃあ駄目だ、旦那」

「なんでだい？」

「火事のさなかの屋根の上なんざ、火消しだって危ねえところなんだ。素人の旦那を行かせるわけにはいきませんよ」

「だが、悪党をとっ捕まえることでは、火消しだって素人だろ？」

「そりゃあ、そうですが」

「だったら、おいらが行くしかねえ」

「それにしたって、一番纏がいるところは、まさに火事の真ん前なんですぜ。焚き火に当たるのとはわけが違うんだから」

「そりゃあ見ればわかるさ。だが、棟梁、見てみなよ。若い衆が馬五郎に叩き落とされそうだぜ」

馬五郎は、相手が纏を持っているのをいいことに、殴り放題である。

「ほら、愚図愚図できねえよ」

竜之助は頭から三杯ほど水をあびると、二人がいるあたりに梯子を掛けてもらい、上りはじめた。

「旦那。お気をつけて」

「ああ」

屋根の上にのって、一番纏に近づくと、これは本当に危険な仕事なのだと実感する。火事のぎりぎり前まで出てきて、場所を皆に報せるのだ。

すぐ目の前は炎である。

もちろん、熱風は押し寄せるし、火の粉も飛んでくる。

「あちっ、あちちち」

そう言いながらも、取っ組み合いをしている一番纏の火消しと、馬五郎のそばに寄った。

「おい、馬五郎」

「なんだ、てめえは？」

振り向いた顔は、たしかに細面で額は広いが、馬五郎という名前とはずいぶん感じが違う、色白のやさ男ふうだった。

「おいらは南町奉行所の福川竜之助だ」

「あっ」

「辰之助殺しの下手人はおめえだ」

「冗談言っちゃいけませんぜ。辰之助は梯子の上で殺されて落ちてきたんですぜ」

「いや、違う。おめえは、梯子の上に辰之助が大嫌いななめくじをはりつけておいた。あいつは気味悪さのせいで悲鳴を上げ、転落した。そこへ近くにいたおめえが近寄って、ぶすりと刺したんだよ。天狗のせいでもなんでもねえ」

「くそぉ」

「しかも、同心部屋に届けられるフグ鍋に胆やら腐ったものまで入れやがった。そんな野郎に江戸の人たちを守る一番纏なんか預けられるか！」

竜之助がそう言うと、馬五郎はいきなり仲間を突き落とし、纏をつかんで殴りかかってきた。

竜之助はこれをのけぞってかわしながら、すばやく刀を抜き放った。

だが、馬五郎を斬ってはいない。

その刀はいったん右に払われ、もどすようにしながら峰で馬五郎の胸を叩いた。

「ううっ」

馬五郎が転がり落ちそうになるのをつかんで引きもどし、これを肩にかつぐと梯子を伝って下に下りた。

「棟梁。ふんじばってくれ」

「わかりました」

「火事はどうだい？」

「どうにか下火に」

ホッとしたときである。

どうした加減なのか、一軒おいたところが燃えはじめた。

「しまった。あっちだ」

その家の二階の窓が開いた。

「あ、子どもだ。子どもがいるぞ」

まだ六、七歳くらいの女の子が、外を見つめて呆然としていた。

「なんだ、逃げおくれか」

「親はどうしたんだよ」

野次馬が騒ぎ出した。

「水をあと、二、三杯かけてくれ」

竜之助はまだ乾ききっていないうえから、あらたに水をかぶると、中に飛び込もうとした。

ところが、戸を開けた途端、中から熱風が吹き出してきた。

「うわっ」

水をかぶっておいたからよかったものの、着物に火がつくところだった。

「おさと、おさと！」

女が飛び出して来た。

「ああ、いったん逃げたのに。忘れ物を取りにもどっちまったんだね」

母親らしい。喚きながら入って行こうとするのを、火消し衆が抱きかかえた。

「無理だ。梯子だ。梯子をかけろ」

頭領が怒鳴っている。

だが、店の看板が邪魔して、窓のすぐ下にかからない。

火消しがいちばん上まで行って、手を伸ばすが届かない。

と、そのとき——。

「どいて、どいて」

上のほうから声がした。

「象だ、象だ」

野次馬たちが騒いでいる。

「花江に助けてもらうから」

美羽姫が象を近づけようとしていた。

だが、炎の勢いにさすがの象も怖がっているらしい。

「どうしたの、花江。頑張って」

美羽姫が象に声をかけている。

すると、二階にいた女の子が恐怖のあまり叫んだ。

「おっかさーん」

そのとき、象が動いた。

竜之助は象の顔に、母の強さとやさしさを見たような気がした。

花江は燃え盛る家に近づくと、長い鼻を伸ばし、くるくるっとおさとを巻きあげた。

六

「斬り合いだ、斬り合いだ」

野次馬たちが口々に叫び出した。

象の周囲に血相を変えた武士が四人ほどなだれ込んできた。

もう斬り合いははじまっていた。

「うわっ」

最初に一人斬られた。

首筋を断たれ、くるくるっと回りながら倒れた。

斬ったのは、浜中主税だった。

「こいつらは、象斬り組とぬかしているやつらで、象を斬ろうとしているのだ」

浜中は、満天下に自分の正義を宣言するような調子で怒鳴った。

象斬り組は本当にいたのだ。

竜之助は、おさとを下に下ろし終えた象の前に立ちはだかった。

「早く、象を引きあげさせてくれ！」

美羽姫に向けて怒鳴った。

「わかりました」

手綱が引かれ、象はゆっくりと回りはじめた。

「逃がさぬぞ！　こんな化け物、わが国に入れるわけにはいかぬ」

象斬り組の一人が喚きながら、浜中に斬りかかった。

「よせ」

竜之助が声をかけたが間に合わない。

浜中の剣が一閃《いっせん》し、斬りかかった男は腹から胸まで斬りあげられ、そのまま火の中へと転がり込んだ。

浜中がさらにもう一人へと向かったとき、

「わしが相手だ」

飛び込んできたのは、外れの戸山甲兵衛だった。

「なんだ、きさまは！」

浜中が怒鳴った。

「南町奉行所、戸山甲兵衛。人呼んで、ずばりの甲兵衛」

「木端《こっぱ》役人なら引っ込んでいろ」

「だまれ、だまれぃ。ずばり、言うぞ。いまの斬り口。きさまが辻斬りであろう。わしの目はごまかせぬ」

これで敵味方はますますわけがわからなくなった。

とりあえず、浜中主税を象斬り組の一人と、戸山甲兵衛が左右からはさみ込むかたちになっている。

「あぶない、戸山さん」

「福川。わしを見くびるな。北辰《ほくしん》一刀流の免許皆伝だ」

すでに刀を抜き放っている。

青眼に構えた。たしかに構えは悪くない。

「とあっ」

象斬り組のほうが先に、浜中に斬ってかかった。

つづいて戸山甲兵衛が小手を狙って出た。

だが、浜中の腕は格が違った。

象斬り組の腕を斬り落とすと、戸山の剣をはじき、腰をぐいっと落とし、戸山の太股を薙《な》いだ。

「うわっ」

戸山が倒れ込むところに竜之助が剣を突き出し、次の斬り込みを邪魔した。

「やっと出てきたかい」

浜中が嬉しそうに言った。

乱戦模様だった斬り合いが、いまは竜之助と浜中が対峙するだけとなっていた。

「おい、おめえと攘夷の武士とどこが違うんだよ?」

と、竜之助は言った。

「なんだと」

「いっしょだろうが。てめえの意に染まねえやつは斬って、力ずくで言うことを聞かせようとする。同じだろうが」

「あんな頑迷な連中といっしょにするな」

「いっしょだ」

竜之助は刃をゆっくり寝かせた。

この男に峰打ちなどでは立ち向かえない。

「わしは直参旗本だぞ。町方の木端役人が文句をつけるのか」

「あんた、そういう身分を偉そうに抜かすこと自体、頑迷なのさ」

刃が風を探した。

風はあり余るほどあった。

火事場に吹く風。熱風。赤い炎が刃に映り、ぎらぎら輝いている。

「そなた、その紋は？」

浜中が目を瞠った。

刃に彫られた隠し紋に気づいたのだ。

「なんだよ」

「葵のご紋ではないか」

「それがどうかしたかい」

「頑迷の中心にいるやつらじゃねえか」

浜中が嬉しそうに笑った。すでに狂気を宿している。

浜中は八双に構え直した。

いい構えだった。そこから矢のような刃が飛んで来るだろう。

ひゅうう。

風が泣きはじめた。

「風鳴の剣」

そう言ったとき、竜之助の腕が動いた。

帆が向かい風でも舟を前へと進ませる。

その原理を元にした剣。

新陰流の真髄。将軍家に伝えられた最強の、王者の剣。

それが走った。

「とあっ」

浜中の剣は中ほどまでも動かないうち、竜之助の刃はすでに仕事を終えていた。

七

火事も家二軒分を焼いただけで、消すことができた。すぐわきに三十間堀があって、水がふんだんに使えたのが幸いした。

少女を助けた象の人気は素晴らしいもので、後ろ姿を拝む者まで大勢いたほどだった。

すべて解決した竜之助が、へとへとに疲れて南町奉行所へ帰ってきた。

——いったいいくつの謎を解き明かしたのか。

竜之助は朦朧《もうろう》としてきた頭で、昨夜からさっきまでのできごとを振り返った。

築地のそば屋殺し。

ゾウの踏みつぶしが二件。

フグ鍋の毒殺未遂。

す組の火消し殺し。

ゾウの殺害計画。

先月から頻発していた辻斬り。

加えて、美羽姫捜し。

しかも、これらのいくつかは関わり合い、重なり合っていた。

竜之助自身も、うまく数えられないくらいである。

——だが、人生というのは、そもそもこういうものなのではないか。

竜之助は疲れた頭でそう思った。

抱えている悩みごとも、どれも微妙に関わり合い、重なり合っていて、これだけが問題だと切り出すことが難しかったりする。

今夜は運もあって、最後はどれもうまく解決できたかもしれないが、本当の根っこにある世の中の動乱や、人々の気持ちの荒廃みたいなものは、まったく解決なんかできていないのである。

——それでもちょっとは、いいほうに歩み寄れたのではないかな。

竜之助は、いまはそんなふうに言い聞かせることにした。

「た、ただいま、帰りました……」

倒れ込むように同心部屋へ入った。

いろいろ報告すべきことがあるが、口を利く元気もない。

ぼんやり待機していた先輩同心たちが、

「お、どうした？」

「辻斬りは出てねえだろう？」

「ようやく下痢も止まったから、手伝えるぜ」

口々に声をかけてきた。

「そいつはどうも」

同心部屋の畳の上に、よろよろと座り込んだ。

「おい、どこか飯を食いに行こう」

矢崎三五郎が、竜之助を誘った。

「いえ、腹も空いたのですが、それよりは眠くて。あ、そうだ、食うのを忘れていた」

たもとからゆでたまごを取り出した。

すこしつぶれている。

「なんだ、つぶれてるぞ。新しいのを食え。誰か買ってきてやれ」

と、大滝治三郎が言った。

「いや、これがいいんです。せっかくつくってくれたのでね。なあに剝《む》きやすくて、ちょうどいいですよ」

竜之助はゆでたまごを食べはじめた。

むせながらひとつは食べた。もうひとつを剝いたとき、凄《すさ》まじい睡魔が襲ってきた。

「ちょっとだけ、寝かせてください」

竜之助は畳のうえに横たわると、たちまち軽い寝息を立てはじめた。

先輩同心たちは、そんな竜之助を、自分の子どもや弟でも眺めるときのような、慈愛にあふれた目で見下ろした。

「おい、福川のやつ、ゆでたまごを口に入れながら眠っちまったぜ」

「喉に詰まらせるといけねえ。取ってやれ」

「こいつは役者にしたいようないい男なんだが、たまごを口に入れたまま、眠っているつらは見られたもんじゃねえな」

「まあ、ゆでたまごで言えば、まだまだ半熟だからな」

「まったくだ」

「あっはっは」

同心部屋はのん気な笑いに満ちあふれた。

本書は２０１２年5月に小社より刊行された作品の新装版です。

双葉文庫

か-29-55

新《しん》・若《わか》さま同心《どうしん》　徳川竜之助《とくがわりゅうのすけ》【一】

象印《ぞうじるし》の夜《よる》〈新装版《しんそうばん》〉

2023年8月9日　第1刷発行

【著者】

風野真知雄《かぜのまちお》

【発行者】

箕浦克史

【発行所】

株式会社双葉社

〒162-8540 東京都新宿区東五軒町3番28号

［電話］03-5261-4818（営業部）　03-5261-4833（編集部）

www.futabasha.co.jp（双葉社の書籍・コミックが買えます）

【印刷所】

中央精版印刷株式会社

【製本所】

中央精版印刷株式会社

【フォーマット・デザイン】

日下潤一

ISBN978-4-575-67171-1 C0193

Printed in Japan

風野真知雄
わるじい慈剣帖（一）
いまいくぞ
長編時代小説
〈書き下ろし〉

あの大人気シリーズが帰ってきた！　目付に復帰したのも束の間、孫の桃子が気になって仕方がない愛坂桃太郎は江戸への帰還を目論むが。

風野真知雄
わるじい慈剣帖（二）
これなあに
長編時代小説
〈書き下ろし〉

孫の桃子を追って八丁堀の長屋に越してきた愛坂桃太郎。大家である蕎麦屋の主に妙に気に入られ、次々と難珍事件が持ち込まれる。

風野真知雄
わるじい慈剣帖（三）
こわいぞお
長編時代小説
〈書き下ろし〉

川沿いの柳の下に夜な夜な立つ女の幽霊。桃子の夜泣きはこいつのせいか？　愛坂桃太郎は、可愛い孫の安寧のため、調べを開始する。

風野真知雄
わるじい慈剣帖（四）
ばあばです
長編時代小説
〈書き下ろし〉

長屋の二階から忽然と消えたエレキテル。没収しようと押しかけた北町奉行所の捕り方たちも目を白黒させるなか、桃太郎の謎解きが光る。

風野真知雄
わるじい慈剣帖（五）
あるいたぞ
長編時代小説
〈書き下ろし〉

長屋にあるエレキテルをめぐり対立してきた北町奉行所の与力、森山平内との決着の時が迫る。愛する孫のため、此度もわるじいが東奔西走！

風野真知雄
わるじい慈剣帖（六）
おっとっと
長編時代小説
〈書き下ろし〉

日本橋の新人芸者、蟹丸の次兄が何者かによって殺された。悲嘆にくれる娘のため、桃太郎は真相をあきらかにすべく調べをはじめるが。

風野真知雄
わるじい慈剣帖（七）
どこいくの
長編時代小説
〈書き下ろし〉

江戸の町のならず者たちの間に漂い始める抗争の気配。その中心には愛坂桃太郎を慕う芸者の蟹丸の兄である千吉の姿があった。

風野真知雄
わるじい慈剣帖（八）
だれだっけ
長編時代小説〈書き下ろし〉

激化の一途をたどる、江戸のならず者たちの抗争。愛する孫に危険が及ぶまいとする愛坂桃太郎だが……大人気時代小説シリーズ、第8弾！

風野真知雄
わるじい慈剣帖（九）
ねむれない
長編時代小説〈書き下ろし〉

愛孫の桃子と遊ぶことができず、眠れぬ夜を過ごす元同心の愛坂桃太郎。そんなある日、桃太郎はにやら訳ありらしい子連れの女と出会い……。

風野真知雄
わるじい慈剣帖（十）
うそだろう
長編時代小説〈書き下ろし〉

江戸の町を騒がす元凶・東海屋千吉との因縁に決着をつけ、愛する孫と過ごす平穏な日常を取り戻せ！　大人気時代小説シリーズ、感動の最終巻!!

風野真知雄
消えた十手
若さま同心　徳川竜之助【一】
長編時代小説

徳川家の異端児　同心になって江戸を駆ける！剣戟あり、人情あり、ユーモアもたっぷりの傑作時代小説シリーズ、装いも新たに登場!!

風野真知雄
風鳴の剣
若さま同心　徳川竜之助【二】
長編時代小説

憧れの同心見習いとなって充実した日々を送る竜之助の身に、肥後新陰流を操る凄腕の刺客たちの影が迫りくる！　傑作シリーズ第二弾！

風野真知雄
空飛ぶ岩
若さま同心　徳川竜之助【三】
長編時代小説

徳川竜之助を打ち破り新陰流の正統を証明せんと、稀代の天才と称される刺客が柳生の里からやってきた。傑作シリーズ新装版、第三弾！

風野真知雄
陽炎の刃
若さま同心　徳川竜之助【四】
長編時代小説

珍事件解決に奔走する竜之介に迫る、姿の見えぬ刺客。葵新陰流の刃は捉えることができるのか!?　傑作シリーズ新装版、待望の第四弾！

風野真知雄
若さま同心 徳川竜之助【五】
秘剣封印
長編時代小説
因縁の敵、柳生全九郎とふたたび対峙し、徳川竜之助の葵新陰流の剣が更なる進化を遂げる！ 傑作シリーズ新装版、第五弾！

風野真知雄
若さま同心 徳川竜之助【六】
飛燕《つばくろ》十手
長編時代小説
江戸の町を騒がせる健脚の火付け盗人の噂。徳川竜之助は事件の不可解な点に気づき、調べを始めるが……。傑作シリーズ新装版、第六弾！

風野真知雄
若さま同心 徳川竜之助【七】
卑怯三刀流
長編時代小説
徳川竜之助に迫る三刀を差す北辰一刀流の遣い手。さらに時を同じくして奇妙な辻斬りが出没し……。傑作時代小説シリーズ新装版、第七弾！

風野真知雄
若さま同心 徳川竜之助【八】
幽霊剣士
長編時代小説
葵新陰流を打ち破るべく現れた、幽鬼の如き剣士。不可視の剣の謎を解き新たな刺客を打ち破れ！ 傑作時代小説シリーズ新装版、第八弾！

風野真知雄
若さま同心 徳川竜之助【九】
弥勒の手
長編時代小説
葵新陰流の継承者と、柳生新陰流が生んだ異端児。宿命の2人に遂に決着の時が訪れる！ 傑作時代小説シリーズ新装版、驚愕の第九弾！

風野真知雄
若さま同心 徳川竜之助【十】
風神雷神
長編時代小説
死闘の果てに、深手を負ってしまった徳川竜之助。しかし、江戸の町では奇妙な事件が絶えず……。傑作時代小説シリーズ新装版、第十弾！

風野真知雄
若さま同心 徳川竜之助【十一】
片手斬り
長編時代小説
宿敵柳生全九郎の死を知った徳川竜之助は、彼が最後に探ろうとした謎について調べをはじめる。傑作時代小説シリーズ新装版、第十一弾！

風野真知雄
若さま同心 徳川竜之助【十二】
双竜伝説
長編時代小説
師である柳生清四郎との立ち合いを終えた徳川竜之助の前に新たな刺客が現れる！ 傑作時代小説シリーズ新装版、物語も佳境の第十二弾！

風野真知雄
若さま同心 徳川竜之助【十三】
最後の剣
長編時代小説
雷鳴の剣の遣い手徳川宗秋と相対する竜之助。徳川の名を冠するもの同士の決闘の結末は⁉ 傑作時代小説シリーズ新装版、感動の最終巻！

金子成人
ごんげん長屋つれづれ帖【一】
かみなりお勝
長編時代小説〈書き下ろし〉
根津権現門前町の裏店を舞台に、長屋の人情や親子の情をたっぷり描く、くすりと笑えてほろりと泣ける傑作人情シリーズ、注目の第一弾！

金子成人
ごんげん長屋つれづれ帖【二】
ゆく年に
長編時代小説〈書き下ろし〉
長屋の住人で、身重のおたかが倒れてしまった。周囲の世話でなんとか快方に向かうが、亭主の国松は意外な決断を下す。落涙必至の第二弾！

金子成人
ごんげん長屋つれづれ帖【三】
望郷の譜《ふ》
長編時代小説〈書き下ろし〉
長屋の住人たちを温かく見守る彦次郎とおよしの夫婦。穏やかな笑顔の裏には、哀しい過去が秘められていた。傑作人情シリーズ第三弾！

金子成人
ごんげん長屋つれづれ帖【四】
迎《むか》え提灯《ちょうちん》
長編時代小説〈書き下ろし〉
お勝の下の娘お妙は、旗本の姫様だった⁉ 我が子に持ち上がった思いもよらぬ話に、お勝の心はかき乱されて――。人気シリーズ第四弾！

金子成人
ごんげん長屋つれづれ帖【五】
池畔《ちはん》の子
長編時代小説〈書き下ろし〉
お勝たちの向かいに住まう青物売りのお六の、とある奇妙な行為。その裏には、お六の背負う哀しい真実があった。大人気シリーズ第五弾！